E. T. A. Hoffmann

Klein Zaches genannt Zinnober

Ein Märchen

Nachwort von
Gerhard R. Kaiser

Philipp Reclam jun. Stuttgart

Umschlagabbildung: Federzeichnung von Gavarni (d. i. Sulpice Chevalier) zu der von ihm illustrierten Ausgabe der *Contes fantastiques*, Paris 1843.

RECLAMS UNIVERSAL-BIBLIOTHEK Nr. 306
Alle Rechte vorbehalten
© 1985 Philipp Reclam jun. GmbH & Co., Stuttgart
Gesamtherstellung: Reclam, Ditzingen. Printed in Germany 2004
RECLAM, UNIVERSAL-BIBLIOTHEK und
RECLAMS UNIVERSAL-BIBLIOTHEK sind eingetragene Marken
der Philipp Reclam jun. GmbH & Co., Stuttgart
ISBN 3-15-000306-7

www.reclam.de

Erstes Kapitel

Der kleine Wechselbalg. – Dringende Gefahr einer Pfarrersnase. – Wie Fürst Paphnutius in seinem Lande die Aufklärung einführte und die Fee Rosabelverde in ein Fräuleinstift kam.

Unfern eines anmutigen Dorfes, hart am Wege, lag auf dem von der Sonnenglut erhitzten Boden hingestreckt ein armes zerlumptes Bauerweib. Vom Hunger gequält, vor Durst lechzend, ganz verschmachtet war die Unglückliche unter der Last des im Korbe hoch aufgetürmten dürren Holzes, das sie im Walde unter den Bäumen und Sträuchern mühsam aufgelesen, niedergesunken, und da sie kaum zu atmen vermochte, glaubte sie nicht anders, als daß sie nun wohl sterben, so wie aber ihr trostloses Elend auf einmal enden werde. Doch gewann sie bald so viel Kraft, die Stricke, womit sie den Holzkorb auf ihrem Rücken befestigt, loszunesteln und sich langsam heraufzuschieben auf einen Grasfleck, der gerade in der Nähe stand. Da brach sie nun aus in laute Klagen: »Muß«, jammerte sie, »muß mich und meinen armen Mann allein denn alle Not und alles Elend treffen? Sind wir denn nicht im ganzen Dorfe die einzigen, die aller Arbeit, alles sauer vergossenen Schweißes ungeachtet in steter Armut bleiben und kaum so viel erwerben, um unsern Hunger zu stillen? – Vor drei Jahren, als mein Mann beim Umgraben unseres Gartens die Goldstücke in der Erde fand, ja da glaubten wir, das Glück sei endlich eingekehrt bei uns und nun kämen die guten Tage; aber was geschah! – Diebe stahlen das Geld, Haus und Scheune brannten uns über dem Kopfe weg, das Getreide auf dem Acker zerschlug der Hagel, und um das Maß unseres Herzeleids voll zu machen bis über den Rand, strafte uns der Himmel noch mit diesem kleinen Wechselbalg, den ich zu Schand und Spott des ganzen Dorfs gebär. – Zu St.-Laurenz-Tag ist nun der Junge dritthalb Jahre gewesen, und kann auf seinen Spinnenbeinchen nicht stehen, nicht gehen, und knurrt und miaut, statt zu reden, wie eine Katze. Und dabei

5

frißt die unselige Mißgeburt wie der stärkste Knabe von wenigstens acht Jahren, ohne daß es ihm im mindesten was anschlägt. Gott erbarme sich über ihn und über uns, daß wir den Jungen groß füttern müssen und selbst zur Qual und größerer Not; denn essen und trinken immer mehr und mehr wird der kleine Däumling wohl, aber arbeiten sein Lebetage nicht! – Nein nein, das ist mehr als ein Mensch aushalten kann auf dieser Erde! – Ach könnt' ich nur sterben – nur sterben!« – Und damit fing die Arme an zu weinen und zu schluchzen, bis sie endlich vom Schmerz übermannt, ganz entkräftet, einschlief. –

Mit Recht konnte das Weib über den abscheulichen Wechselbalg klagen, den sie vor drittehalb Jahren geboren. Das, was man auf den ersten Blick sehr gut für ein seltsam verknorpeltes Stückchen Holz hätte ansehen können, war nämlich ein kaum zwei Spannen hoher, mißgestalteter Junge, der von dem Korbe, wo er querüber gelegen, heruntergekrochen, sich jetzt knurrend im Grase wälzte. Der Kopf stak dem Dinge tief zwischen den Schultern, die Stelle des Rückens vertrat ein kürbisähnlicher Auswuchs, und gleich unter der Brust hingen die haselgertdünnen Beinchen herab, daß der Junge aussah wie ein gespaltener Rettich. Vom Gesicht konnte ein stumpfes Auge nicht viel entdecken, schärfer hinblickend wurde man aber wohl die lange spitze Nase, die aus schwarzen struppigen Haaren hervorstarrte, und ein Paar kleine schwarz funkelnde Äuglein gewahr, die, zumal bei den übrigens ganz alten eingefurchten Zügen des Gesichts, ein klein Alräunchen kund zu tun schienen. –

Als nun, wie gesagt, das Weib über ihren Gram in tiefen Schlaf gesunken war und ihr Söhnlein sich dicht an sie herangewälzt hatte, begab es sich, daß das Fräulein von Rosenschön, Dame des nahe gelegenen Stifts, von einem Spaziergange heimkehrend des Weges daherwandelte. Sie blieb stehen, und wurde, da sie von Natur fromm und mitleidig, bei dem Anblick des Elends, der sich ihr darbot, sehr gerührt. »O du gerechter Himmel«, fing sie an, »wie viel Jammer und Not gibt es doch auf dieser Erde! – Das arme unglückliche Weib! –

Ich weiß, daß sie kaum das liebe Leben hat, da arbeitet sie
über ihre Kräfte und ist vor Hunger und Kummer hingesun-
ken! – Wie fühle ich jetzt erst recht empfindlich meine Armut
und Ohnmacht! – Ach könnt' ich doch nur helfen wie ich
5 wollte! – Doch das, was mir noch übrig blieb, die wenigen
Gaben, die das feindselige Verhängnis mir nicht zu rauben,
nicht zu zerstören vermochte, die mir noch zu Gebote stehen, die will ich kräftig und getreu nützen, um dem Leidwesen zu steuern. Geld, hätte ich auch darüber zu gebieten,
10 würde dir gar nichts helfen, arme Frau, sondern deinen
Zustand vielleicht noch gar verschlimmern. Dir und deinem
Mann, euch beiden ist nun einmal Reichtum nicht beschert,
und wem Reichtum nicht beschert ist, dem verschwinden die
Goldstücke aus der Tasche, er weiß selbst nicht wie, er hat
15 davon nichts als großen Verdruß, und wird, je mehr Geld ihm
zuströmt, nur desto ärmer. Aber ich weiß es, mehr als alle
Armut, als alle Not, nagt an deinem Herzen, daß du jenes
kleine Untierchen gebarst, das sich wie eine böse unheimliche
Last an dich hängt, die du durch das Leben tragen mußt. –
20 Groß – schön – stark – verständig, ja das alles kann der Junge
nun einmal nicht werden, aber es ist ihm vielleicht noch auf
andere Weise zu helfen.« – Damit setzte sich das Fräulein
nieder ins Gras und nahm den Kleinen auf den Schoß. Das
böse Alräunchen sträubte und spreizte sich, knurrte und
25 wollte das Fräulein in den Finger beißen, *die* sprach aber:
»Ruhig ruhig, kleiner Maikäfer!« und strich leise und linde
mit der flachen Hand ihm über den Kopf von der Stirn her-
über bis in den Nacken. Allmählich glättete sich während des
Streichelns das struppige Haar des Kleinen aus, bis es geschei-
30 telt, an der Stirne fest anliegend in hübschen weichen Locken
hinabwallte auf die hohen Schultern und den Kürbisrücken.
Der Kleine war immer ruhiger geworden und endlich fest
eingeschlafen. Da legte ihn das Fräulein Rosenschön behutsam dicht neben der Mutter hin ins Gras, besprengte diese mit
35 einem geistigen Wasser aus dem Riechfläschchen, das sie
aus der Tasche gezogen, und entfernte sich dann schnellen
Schrittes.

Als die Frau bald darauf erwachte, fühlte sie sich auf wunderbare Weise erquickt und gestärkt. Es war ihr, als habe sie eine tüchtige Mahlzeit gehalten und einen guten Schluck Wein getrunken. »Ei«, rief sie aus, »wie ist mir doch in dem bißchen Schlaf so viel Trost, so viel Munterkeit gekommen! – Aber die Sonne ist schon bald herab hinter den Bergen, nun fort nach Hause!« – Damit wollte sie den Korb aufpacken, vermißte aber, als sie hineinsah, den Kleinen, der in demselben Augenblick sich aus dem Grase aufrichtete und weinerlich quäkte. Als nun die Mutter sich nach ihm umschaute, schlug sie vor Erstaunen die Hände zusammen und rief: »Zaches – Klein Zaches, wer hat dir denn unterdessen die Haare so schön gekämmt! – Zaches – Klein Zaches, wie hübsch würden dir die Locken kleiden, wenn du nicht solch ein abscheulich garstiger Junge wärst! – Nun komm nur, komm! – hinein in den Korb!« Sie wollte ihn fassen und quer über das Holz legen, da strampelte aber Klein Zaches mit den Beinen, grinste die Mutter an und miaute sehr vernehmlich: »Ich mag nicht!« – »Zaches! – Klein Zaches«, schrie die Frau ganz außer sich, »wer hat dich denn unterdessen reden gelehrt? Nun! wenn du solch schön gekämmte Haare hast, wenn du so artig redest, so wirst du auch wohl laufen können.« Die Frau huckte den Korb auf den Rücken, Klein Zaches hing sich an ihre Schürze, und so ging es fort nach dem Dorfe.

Sie mußten bei dem Pfarrhause vorüber, da begab es sich, daß der Pfarrer mit seinem jüngsten Knaben, einem bildschönen goldlockigen Jungen von drei Jahren, in seiner Haustüre stand. Als *der* nun die Frau mit dem schweren Holzkorbe und mit Klein Zaches, der an ihrer Schürze baumelte, daherkommen sah, rief er ihr entgegen: »Guten Abend, Frau Liese, wie geht es Euch – Ihr habt ja eine gar zu schwere Bürde geladen, Ihr könnt ja kaum mehr fort, kommt her, ruht Euch ein wenig aus auf dieser Bank vor meiner Türe, meine Magd soll Euch einen frischen Trunk reichen!« – Frau Liese ließ sich das nicht zweimal sagen, sie setzte ihren Korb ab, und wollte eben den Mund öffnen, um dem ehrwürdigen Herrn all ihren Jammer, ihre Not zu klagen, als Klein Zaches bei der raschen

Wendung der Mutter das Gleichgewicht verlor und dem Pfarrer vor die Füße flog. Der bückte sich rasch nieder und hob den Kleinen auf, indem er sprach: »Ei Frau Liese, Frau Liese, was habt Ihr da für einen bildschönen allerliebsten Knaben. Das ist ja ein wahrer Segen des Himmels, ein solch wunderbar schönes Kind zu besitzen.« Und damit nahm er den Kleinen in die Arme und liebkoste ihn, und schien es gar nicht zu bemerken, daß der unartige Däumling gar häßlich knurrte und mauzte und den ehrwürdigen Herrn sogar in die Nase beißen wollte. Aber Frau Liese stand ganz verblüfft vor dem Geistlichen und schaute ihn an mit aufgerissenen starren Augen, und wußte gar nicht was sie denken sollte: »Ach lieber Herr Pfarrer«, begann sie endlich mit weinerlicher Stimme, »ein Mann Gottes, wie Sie, treibt doch wohl nicht seinen Spott mit einem armen unglücklichen Weibe, das der Himmel, mag er selbst wissen warum, mit diesem abscheulichen Wechselbalge gestraft hat!« »Was spricht«, erwiderte der Geistliche sehr ernst, »was spricht Sie da für tolles Zeug, liebe Frau! von Spott – Wechselbalg – Strafe des Himmels – ich verstehe Sie gar nicht, und weiß nur, daß Sie ganz verblendet sein muß, wenn Sie ihren hübschen Knaben nicht recht herzlich liebt. – Küsse mich, artiger kleiner Mann!« – Der Pfarrer herzte den Kleinen, aber Zaches knurrte: »Ich mag nicht!« und schnappte aufs neue nach des Geistlichen Nase. – »Seht die arge Bestie!« rief Liese erschrocken; aber in dem Augenblick sprach der Knabe des Pfarrers: »Ach lieber Vater, du bist so gut, du tust so schön mit den Kindern, die müssen wohl alle dich recht herzlich lieb haben!« »O hört doch nur«, rief der Pfarrer, indem ihm die Augen vor Freude glänzten, »o hört doch nur, Frau Liese, den hübschen verständigen Knaben, Euren lieben Zaches, dem Ihr so übel wollt. Ich merk' es schon, Ihr werdet Euch nimmermehr was aus dem Knaben machen, sei er auch noch so hübsch und verständig. Hört, Frau Liese, überlaßt mir Euer hoffnungsvolles Kind zur Pflege und Erziehung. Bei Eurer drückenden Armut ist Euch der Knabe nur eine Last, und mir macht es Freude ihn zu erziehen wie meinen eignen Sohn!« –

Liese konnte vor Erstaunen gar nicht zu sich selbst kommen, einmal über das andere rief sie: »Aber, lieber Herr Pfarrer – lieber Herr Pfarrer, ist denn das wirklich Ihr Ernst, daß Sie die kleine Ungestalt zu sich nehmen und erziehen und mich von der Not befreien wollen, die ich mit dem Wechselbalg habe?« – Doch, je mehr die Frau die abscheuliche Häßlichkeit ihres Alräunchens dem Pfarrer vorhielt, desto eifriger behauptete dieser, daß sie in ihrer tollen Verblendung gar nicht verdiene, vom Himmel mit dem herrlichen Geschenk eines solchen Wunderknaben gesegnet zu sein, bis er zuletzt ganz zornig mit Klein Zaches auf dem Arm hineinlief in das Haus und die Türe von innen verriegelte.

Da stand nun Frau Liese wie versteinert vor des Pfarrers Haustüre, und wußte gar nicht was sie von dem allem denken sollte. »Was um aller Welt willen«, sprach sie zu sich selbst, »ist denn mit unserm würdigen Herrn Pfarrer geschehen, daß er in meinen Klein Zaches so ganz und gar vernarrt ist, und den einfältigen Knirps für einen hübschen verständigen Knaben hält? – Nun! helfe Gott dem lieben Herrn, er hat mir die Last von den Schultern genommen und sie sich selbst aufgeladen, mag er nun zusehen, wie er sie trägt! – Hei! wie leicht geworden ist nun der Holzkorb, da Klein Zaches nicht mehr darauf sitzt und mit ihm die schwerste Sorge!« –

Damit schritt Frau Liese, den Holzkorb auf dem Rücken, lustig und guter Dinge fort ihres Weges! – –

Wollte ich auch zur Zeit noch gänzlich darüber schweigen, Du würdest, günstiger Leser, dennoch wohl ahnen, daß es mit dem Stiftsfräulein von Rosenschön, oder wie sie sich sonst nannte, Rosengrünschön, eine ganz besondere Bewandtnis haben müsse. Denn nichts anders war es wohl, als die geheimnisvolle Wirkung ihres Kopfstreichelns und Haarausglättens, daß Klein Zaches von dem gutmütigen Pfarrer für ein schönes und kluges Kind angesehn und gleich wie sein eignes aufgenommen wurde. Du könntest, lieber Leser, aber doch, trotz Deines vortrefflichen Scharfsinns, in falsche Vermutungen geraten oder gar zum großen Nachteil der Geschichte viele Blätter überschlagen, um nur gleich mehr

von dem mystischen Stiftsfräulein zu erfahren; besser ist es
daher wohl, ich erzähle Dir gleich alles, was ich selbst von der
würdigen Dame weiß.

Fräulein von Rosenschön war von großer Gestalt, edlem
majestätischen Wuchs, und etwas stolzem, gebietendem
Wesen. Ihr Gesicht, mußte man es gleich vollendet schön
nennen, machte, zumal wenn sie wie gewöhnlich in starrem
Ernst vor sich hinschaute, einen seltsamen, beinahe unheimlichen Eindruck, was vorzüglich einem ganz besondern fremden Zuge zwischen den Augenbrauen zuzuschreiben, von
dem man durchaus nicht recht wußte, ob ein Stiftsfräulein
dergleichen wirklich auf der Stirne tragen könne. Dabei lag
aber auch oft, vorzüglich zur Rosenzeit bei heiterm schönen
Wetter, so viel Huld und Anmut in ihrem Blick, daß jeder
sich von süßem unwiderstehlichen Zauber befangen fühlte.
Als ich die Gnädige zum ersten und letzten Mal zu schauen
das Vergnügen hatte, war sie dem Ansehen nach eine Frau in
der höchsten vollendetsten Blüte ihrer Jahre, auf der höchsten
Spitze des Wendepunktes, und ich meinte, daß mir großes
Glück beschieden, die Dame noch eben auf dieser Spitze zu
erblicken und über ihre wunderbare Schönheit gewisserma-
ßen zu erschrecken, welches sich dann sehr bald nicht mehr
würde zutragen können. Ich war im Irrtum. Die ältesten
Leute im Dorfe versicherten, daß sie das gnädige Fräulein
gekannt hätten schon so lange als sie dächten, und daß die
Dame niemals anders ausgesehen habe, nicht älter, nicht jün-
ger, nicht häßlicher, nicht hübscher als eben jetzt. Die Zeit
schien also keine Macht zu haben über sie, und schon dieses
konnte manchem verwunderlich vorkommen. Aber noch
manches andere trat hinzu, worüber sich jeder, überlegte er es
recht ernstlich, ebenso sehr wundern, ja zuletzt aus der Verwunderung, in die er verstrickt, gar nicht herauskommen
mußte. Fürs erste offenbarte sich ganz deutlich bei dem Fräulein die Verwandtschaft mit den Blumen, deren Namen sie
trug. Denn nicht allein, daß kein Mensch auf Erden solche
herrliche tausendblättrige Rosen zu ziehen vermochte, als sie,
so sprießten auch aus dem schlechtesten dürrsten Dorn, den

11

sie in die Erde steckte, jene Blumen in der höchsten Fülle und Pracht hervor. Dann war es gewiß, daß sie auf einsamen Spaziergängen im Walde laute Gespräche führte mit wunderbaren Stimmen, die aus den Bäumen, aus den Büschen, aus den Quellen und Bächen zu tönen schienen. Ja ein junger Jägersmann hatte sie belauscht, wie sie einmal mitten im dicksten Gehölz stand und seltsame Vögel mit buntem glänzenden Gefieder, die gar nicht im Lande heimisch, sie umflatterten und liebkosten, und in lustigem Singen und Zwitschern ihr allerlei fröhliche Dinge zu erzählen schienen, worüber sie lachte und sich freute. Daher kam es denn auch, daß Fräulein von Rosenschön zu jener Zeit, als sie in das Stift gekommen, bald die Aufmerksamkeit aller Leute in der Gegend anregte. Ihre Aufnahme in das Fräuleinstift hatte der Fürst befohlen; der Baron Prätextatus von Mondschein, Besitzer des Gutes, in dessen Nähe jenes Stift lag, dem er als Verweser vorstand, konnte daher nichts dagegen einwenden, ungeachtet ihn die entsetzlichsten Zweifel quälten. Vergebens war nämlich sein Mühen geblieben, in Rixners Turnierbuch und andern Chroniken die Familie Rosengrünschön aufzufinden. Mit Recht zweifelte er aus diesem Grunde an der Stiftsfähigkeit des Fräuleins, die keinen Stammbaum mit zweiunddreißig Ahnen aufzuweisen hatte, und bat sie zuletzt ganz zerknirscht, die hellen Tränen in den Augen, doch sich um des Himmels willen wenigstens nicht Rosengrünschön, sondern Rosenschön zu nennen, denn in diesem Namen sei doch noch einiger Verstand und ein Ahnherr möglich. – Sie tat ihm das zu Gefallen. – Vielleicht äußerte sich des gekränkten Prätextatus Groll gegen das ahnenlose Fräulein auf diese – jene Weise und gab zuerst Anlaß zu der bösen Nachrede, die sich immer mehr und mehr im Dorfe verbreitete. Zu jenen zauberhaften Unterhaltungen im Walde, die indessen sonst nichts auf sich hatten, kamen nämlich allerlei bedenkliche Umstände, die von Mund zu Mund gingen und des Fräuleins eigentliches Wesen in gar zweideutiges Licht stellten. Mutter Anne, des Schulzen Frau, behauptete keck, daß, wenn das Fräulein stark zum Fenster heraus niese, allemal die Milch im ganzen Dorfe sauer würde. Kaum hatte sich dies aber bestätigt, als sich das Schreckliche begab. Schulmeisters Michel hatte in der Stiftsküche gebratene Kartoffeln genascht und war von dem Fräulein darüber betroffen worden, die ihm lächelnd mit dem Finger drohte. Da war dem Jungen das Maul offen stehen geblieben, gerade als hätt' er eine gebratene brennende Kartoffel darin sitzen immerdar, und er mußte fortan einen Hut mit vorstehender breiter Krempe tragen, weil es sonst dem Armen ins Maul geregnet hätte. Bald schien es gewiß zu sein, daß das Fräulein sich darauf verstand, Feuer und Wasser zu besprechen, Sturm und Hagelwolken zusammenzutreiben, Wechselzöpfe zu flechten etc., und niemand zweifelte an der Aussage des Schafhirten, der zur Mitternachtsstunde mit Schauer und Entsetzen gesehen haben wollte, wie das Fräulein auf einem Besen brausend durch die Lüfte fuhr, vor ihr her ein ungeheurer Hirschkäfer, zwischen dessen Hörnern blaue Flammen hoch aufleuchteten! – Nun kam alles in Aufruhr, man wollte der Hexe zu Leibe und die Dorfgerichte beschlossen nichts Geringeres, als das Fräulein aus dem Stift zu holen und sie ins Wasser zu werfen, damit sie die gewöhnliche Hexenprobe bestehe. Der Baron Prätextatus ließ alles geschehen und sprach lächelnd zu sich selbst: »So geht es simplen Leuten ohne Ahnen, die nicht von solch' altem guten Herkommen sind, wie der Mondschein.« Das Fräulein, unterrichtet von dem bedrohlichen Unwesen, flüchtete nach der Residenz, und bald darauf erhielt der Baron Prätextatus einen Kabinettsbefehl vom Fürsten des Landes, mittelst dessen ihm bekannt gemacht, daß es keine Hexen gäbe, und befohlen wurde, die Dorfgerichte für die naseweise Gier, Schwimmkünste eines Stiftsfräuleins zu schauen, in den Turm werfen, den übrigen Bauern und ihren Weibern aber andeuten zu lassen, bei empfindlicher Leibesstrafe von dem Fräulein Rosenschön nicht schlecht zu denken. Sie gingen in sich, fürchteten sich vor der angedrohten Strafe und dachten fortan gut von dem Fräulein, welches für beide, für das Dorf und für die Dame Rosenschön die ersprießlichsten Folgen hatte.

In dem Kabinett des Fürsten wußte man recht gut, daß das Fräulein von Rosenschön niemand anders war, als die sonst berühmte weltbekannte Fee Rosabelverde. Es hatte mit der Sache folgende Bewandtnis:

Auf der ganzen weiten Erde war wohl sonst kaum ein anmutigeres Land zu finden, als das kleine Fürstentum, worin das Gut des Baron Prätextatus von Mondschein lag, worin das Fräulein von Rosenschön hauste, kurz, worin sich das alles begab, was ich Dir, geliebter Leser! des Breiteren zu erzählen eben im Begriff stehe.

Von einem hohen Gebirge umschlossen, glich das Ländchen mit seinen grünen, duftenden Wäldern, mit seinen blumigen Auen, mit seinen rauschenden Strömen und lustig plätschernden Springquellen, zumal da es gar keine Städte, sondern nur freundliche Dörfer und hin und wieder einzeln stehende Paläste darin gab, einem wunderbar herrlichen Garten, in dem die Bewohner wie zu ihrer Lust wandelten, frei von jeder drückenden Bürde des Lebens. Jeder wußte, daß Fürst Demetrius das Land beherrsche; niemand merkte indessen das mindeste von der Regierung, und alle waren damit gar wohl zufrieden. Personen, die die volle Freiheit in all ihrem Beginnen, eine schöne Gegend, ein mildes Klima liebten, konnten ihren Aufenthalt gar nicht besser wählen, als in dem Fürstentum, und so geschah es denn, daß unter andern auch verschiedene vortreffliche Feen von der guten Art, denen Wärme und Freiheit bekanntlich über alles geht, sich dort angesiedelt hatten. Ihnen mocht' es zuzuschreiben sein, daß sich beinahe in jedem Dorfe, vorzüglich aber in den Wäldern, sehr oft die angenehmsten Wunder begaben, und daß jeder, von dem Entzücken, von der Wonne dieser Wunder ganz umflossen, völlig an das Wunderbare glaubte, und ohne es selbst zu wissen, eben deshalb ein froher, mithin guter Staatsbürger blieb. Die guten Feen, die sich in freier Willkür ganz dschinnistanisch eingerichtet, hätten dem vortrefflichen Demetrius gern ein ewiges Leben bereitet. Das stand indessen nicht in ihrer Macht. Demetrius starb und ihm folgte der junge Paphnutius in der Regierung. Paphnutius hatte schon zu Lebzeiten seines

Herrn Vaters einen stillen innerlichen Gram darüber genährt, daß Volk und Staat nach seiner Meinung auf die heilloseste Weise vernachlässigt, verwahrlost wurde. Er beschloß zu regieren, und ernannte sofort seinen Kammerdiener Andres, der ihm einmal, als er im Wirtshause hinter den Bergen seine Börse liegen lassen, sechs Dukaten geborgt und dadurch aus großer Not gerissen hatte, zum ersten Minister des Reichs. »Ich will regieren, mein Guter!« rief ihm Paphnutius zu. Andres las in den Blicken seines Herrn, was in ihm vorging, warf sich ihm zu Füßen und sprach feierlich: »Sire! die große Stunde hat geschlagen! – durch Sie steigt schimmernd ein Reich aus nächtigem Chaos empor! – Sire! hier fleht ihr treuestes Vasall, tausend Stimmen des armen unglücklichen Volks in Brust und Kehle! – Sire! – führen Sie die Aufklärung ein!« – Paphnutius fühlte sich durch und durch erschüttert von dem erhabenen Gedanken seines Ministers. Er hob ihn auf, riß ihn stürmisch an seine Brust und sprach schluchzend: »Minister – Andres – ich bin dir sechs Dukaten schuldig – noch mehr – mein Glück – mein Reich! – o treuer, gescheuter Diener!« –

Paphnutius wollte sofort ein Edikt mit großen Buchstaben drucken und an allen Ecken anschlagen lassen, daß von Stund an die Aufklärung eingeführt sei und ein jeder sich darnach zu achten habe. »Bester Sire!« rief indessen Andres, »bester Sire! so geht es nicht!« – »Wie geht es denn, mein Guter?« sprach Paphnutius, nahm seinen Minister beim Knopfloch und zog ihn hinein in das Kabinett, dessen Türe er abschloß.

»Sehen Sie«, begann Andres, als er seinem Fürsten gegenüber, auf einem kleinen Taburett Platz genommen, »sehen Sie, gnädigster Herr! – die Wirkung Ihres fürstlichen Edikts wegen der Aufklärung würde vielleicht verstört werden auf häßliche Weise, wenn wir nicht damit eine Maßregel verbinden, die zwar hart scheint, die indessen die Klugheit gebietet. – Ehe wir mit der Aufklärung vorschreiten, d. h. ehe wir die Wälder umhauen, den Strom schiffbar machen, Kartoffeln anbauen, die Dorfschulen verbessern, Akazien und Pappeln anpflanzen, die Jugend ihr Morgen- und Abendlied zwei-

15

stimmig absingen, Chausseen anlegen und die Kuhpocken einimpfen lassen, ist es nötig, alle Leute von gefährlichen Gesinnungen, die keiner Vernunft Gehör geben und das Volk durch lauter Albernheiten verführen, aus dem Staate zu verbannen. – Sie haben ›Tausendundeine Nacht‹ gelesen, bester Fürst! denn ich weiß, daß Ihr durchlauchtig seliger Herr Papa, dem der Himmel eine sanfte Ruhe im Grabe schenken möge, dergleichen fatale Bücher liebte und Ihnen, als Sie sich noch der Steckenpferde bedienten und vergoldete Pfefferkuchen verzehrten, in die Hände gab. Nun also! – Aus jenem völlig konfusen Buche werden Sie, gnädigster Herr, wohl die sogenannten Feen kennen, gewiß aber nicht ahnen, daß sich verschiedene von diesen gefährlichen Personen in Ihrem eignen lieben Lande hier ganz in der Nähe Ihres Palastes angesiedelt haben und allerlei Unfug treiben.« »Wie? – was sagt er? – Andres! Minister! – Feen! – hier in meinem Lande?« – So rief der Fürst, indem er ganz erblaßt in die Stuhllehne zurücksank. – »Ruhig, mein gnädigster Herr!« fuhr Andres fort, »ruhig können wir bleiben, sobald wir mit Klugheit gegen jene Feinde der Aufklärung zu Felde ziehen. Ja! – Feinde der Aufklärung nenne ich sie, denn nur sie sind, die Güte Ihres seligen Herrn Papas mißbrauchend, daran schuld, daß der liebe Staat noch in gänzlicher Finsternis darnieder liegt. Sie treiben ein gefährliches Gewerbe mit dem Wunderbaren und scheuen sich nicht, unter dem Namen Poesie, ein heimliches Gift zu verbreiten, das die Leute ganz unfähig macht zum Dienste in der Aufklärung. Dann haben sie solche unleidliche polizeiwidrige Gewohnheiten, daß sie schon deshalb in keinem kultivierten Staate geduldet werden dürften. So z. B. entblöden sich die Frechen nicht, so wie es ihnen einfällt, in den Lüften spazieren zu fahren mit vorgespannten Tauben, Schwänen, ja sogar geflügelten Pferden. Nun frage ich aber, gnädigster Herr! verlohnt es sich der Mühe, einen gescheuten Akzise-Tarif zu entwerfen und einzuführen, wenn es Leute im Staate gibt, die im Stande sind, jedem leichtsinnigen Bürger unversteuerte Waren in den Schornstein zu werfen, wie sie nur wollen? – Darum, gnädigster Herr! – sowie die Auf-

klärung angekündigt wird, fort mit den Feen! – Ihre Paläste werden umzingelt von der Polizei, man nimmt ihnen ihre gefährliche Habe und schafft sie als Vagabonden fort nach ihrem Vaterlande, welches, wie Sie, gnädigster Herr, aus
5 ›Tausendundeiner Nacht‹ wissen werden, das Ländchen Dschinnistan ist.« »Gehen Posten nach diesem Lande, Andres?« so fragte der Fürst. »Zur Zeit nicht«, erwiderte Andres, »aber vielleicht läßt sich nach eingeführter Aufklärung eine Journaliere dorthin mit Nutzen einrichten.« – »Aber
10 Andres«, fuhr der Fürst fort, »wird man unser Verfahren gegen die Feen nicht hart finden? – Wird das verwöhnte Volk nicht murren?« – »Auch dafür«, sprach Andres, »auch dafür weiß ich ein Mittel. Nicht alle Feen, gnädigster Herr! wollen wir fortschicken nach Dschinnistan, sondern einige im Lande
15 behalten, sie aber nicht allein aller Mittel berauben, der Aufklärung schädlich zu werden, sondern auch zweckdienliche Mittel anwenden, sie zu nützlichen Mitgliedern des aufgeklärten Staats umzuschaffen. Wollen sie sich nicht auf solide Heiraten einlassen, so mögen sie unter strenger Aufsicht
20 irgend ein nützliches Geschäft treiben, Socken stricken für die Armee, wenn es Krieg gibt, oder sonst. Geben Sie acht, gnädigster Herr, die Leute werden sehr bald an die Feen, wenn sie unter ihnen wandeln, gar nicht mehr glauben, und das ist das Beste. So gibt sich alles etwanige Murren von
25 selbst. – Was übrigens die Utensilien der Feen betrifft, so fallen sie der fürstlichen Schatzkammer heim, die Tauben und Schwäne werden als köstliche Braten in die fürstliche Küche geliefert, mit den geflügelten Pferden kann man aber auch Versuche machen, sie zu kultivieren und zu bilden zu nützli-
30 chen Bestien, indem man ihnen die Flügel abschneidet und sie zur Stallfütterung gibt, die wir doch hoffentlich zugleich mit der Aufklärung einführen werden.« –
Paphnutius war mit allen Vorschlägen seines Ministers auf das höchste zufrieden, und schon andern Tages wurde ausge-
35 führt, was beschlossen war.
An allen Ecken prangte das Edikt wegen der eingeführten Aufklärung, und zu gleicher Zeit brach die Polizei in die

17

Paläste der Feen, nahm ihr ganzes Eigentum in Beschlag und führte sie gefangen fort.

Mag der Himmel wissen, wie es sich begab, daß die Fee Rosabelverde die einzige von allen war, die wenige Stunden vorher, ehe die Aufklärung hereinbrach, Wind davon bekam und die Zeit nutzte, ihre Schwäne in Freiheit zu setzen, ihre magischen Rosenstöcke und andere Kostbarkeiten bei Seite zu schaffen. Sie wußte nämlich auch, daß sie dazu erkoren war, im Lande zu bleiben, worin sie sich, wiewohl mit großem Widerwillen, fügte.

Überhaupt konnten es weder Paphnutius noch Andres begreifen, warum die Feen, die nach Dschinnistan transportiert wurden, eine solche übertriebene Freude äußerten und einmal über das andere versicherten, daß ihnen an aller Habe, die sie zurücklassen müssen, nicht das mindeste gelegen.

»Am Ende«, sprach Paphnutius entrüstet, »am Ende ist Dschinnistan ein viel hübscherer Staat wie der meinige, und sie lachen mich aus mitsamt meinem Edikt und meiner Aufklärung, die jetzt erst recht gedeihen soll!« –

Der Geograph sollte mit dem Historiker des Reichs über das Land umständlich berichten.

Beide stimmten darin überein, daß Dschinnistan ein erbärmliches Land sei, ohne Kultur, Aufklärung, Gelehrsamkeit, Akazien und Kuhpocken, eigentlich auch gar nicht existiere. Schlimmeres könne aber einem Menschen oder einem ganzen Lande wohl nicht begegnen, als gar nicht zu existieren.

Paphnutius fühlte sich beruhigt.

Als der schöne blumige Hain, in dem der verlassene Palast der Fee Rosabelverde lag, umgehauen wurde, und Beispiels halber Paphnutius selbst sämtlichen Bauerlümmeln im nächsten Dorfe die Kuhpocken eingeimpft hatte, paßte die Fee dem Fürsten in dem Walde auf, durch den er mit dem Minister Andres nach seinem Schloß zurückkehren wollte. Da trieb sie ihn mit allerlei Redensarten, vorzüglich aber mit einigen unheimlichen Kunststückchen, die sie vor der Polizei geborgen, dermaßen in die Enge, daß er sie um des Himmels willen bat, doch mit einer Stelle des einzigen und daher besten Fräu-

leinstifts im ganzen Lande vorlieb zu nehmen, wo sie, ohne
sich an das Aufklärungs-Edikt zu kehren, schalten und wal-
ten könne nach Belieben.

Die Fee Rosabelverde nahm den Vorschlag an, und kam auf
diese Weise in das Fräuleinstift, wo sie sich, wie schon erzählt
worden, das Fräulein von Rosengrünschön, dann aber, auf
dringendes Bitten des Baron Prätextatus von Mondschein,
das Fräulein von Rosenschön nannte.

Zweites Kapitel

Von der unbekannten Völkerschaft, die der Gelehrte Ptolomäus Philadelphus
auf seinen Reisen entdeckte. – Die Universität Kerepes. – Wie dem Studenten
Fabian ein Paar Reitstiefel um den Kopf flogen und der Professor Mosch Terpin
den Studenten Balthasar zum Tee einlud.

In den vertrauten Briefen, die der weltberühmte Gelehrte
Ptolomäus Philadelphus an seinen Freund Rufin schrieb, als
er sich auf weiten Reisen befand, ist folgende merkwürdige
Stelle enthalten:

»Du weißt, mein lieber Rufin, daß ich nichts in der Welt so
fürchte und scheue, als die brennenden Sonnenstrahlen des
Tages, welche die Kräfte meines Körpers aufzehren und meinen Geist dermaßen abspannen und ermatten, daß alle
Gedanken in ein verworrenes Bild zusammenfließen und ich
vergebens darnach ringe, auch nur irgend eine deutliche
Gestaltung in meiner Seele zu erfassen. Ich pflege daher in
dieser heißen Jahreszeit des Tages zu ruhen, nachts aber
meine Reise fortzusetzen, und so befand ich mich denn auch
in voriger Nacht auf der Reise. Mein Fuhrmann hatte sich in
der dicken Finsternis von dem rechten, bequemen Wege ver-
irrt und war unversehens auf die Chaussee geraten. Ungeachtet ich aber durch die harten Stöße, die es hier gab, in dem
Wagen hin und her geschleudert wurde, so daß mein Kopf
voller Beulen einem mit Walnüssen gefüllten Sack nicht

unähnlich war, erwachte ich doch aus dem tiefen Schlafe, in
den ich versunken, nicht eher, bis ich mit einem entsetzlichen
Ruck aus dem Wagen heraus auf den harten Boden stürzte.
Die Sonne schien mir hell ins Gesicht, und durch den Schlag-
baum, der dicht vor mir stand, gewahrte ich die hohen Türme
einer ansehnlichen Stadt. Der Fuhrmann lamentierte sehr, da
nicht allein die Deichsel, sondern auch ein Hinterrad des
Wagens an dem großen Stein, der mitten auf der Chaussee
lag, gebrochen, und schien sich wenig oder gar nicht um mich
zu kümmern. Ich hielt, wie es dem Weisen ziemt, meinen
Zorn zurück und rief dem Kerl bloß sanftmütig zu, er sei ein
verfluchter Schlingel, er möge bedenken, daß Ptolomäus
Philadelphus, der berühmteste Gelehrte seiner Zeit, auf dem
St– säße, und Deichsel Deichsel und Rad Rad sein lassen.
Du kennst, mein lieber Rufin, die Gewalt, die ich über das
menschliche Herz übe, und so geschah es denn auch, daß der
Fuhrmann augenblicklich aufhörte zu lamentieren und mir
mit Hülfe des Chaussee-Einnehmers, vor dessen Häuslein
sich der Unfall begeben, auf die Beine half. Ich hatte zum
Glück keinen sonderlichen Schaden gelitten und war im
Stande langsam auf der Straße fortzuwandeln, während der
Fuhrmann den zerbrochenen Wagen mühsam nachschleppte.
Unfern des Tors der Stadt, die ich in blauer Ferne gesehen,
begegneten mir nun aber viele Leute von solch wunderlichem
Wesen und in solch seltsamer Kleidung, daß ich mir die
Augen rieb, um zu erforschen, ob ich wirklich wache, oder
ob nicht vielleicht ein toller neckhafter Traum mich eben in
ein fremdes fabelhaftes Land versetze. – Diese Leute, die ich
mit Recht für Bewohner der Stadt, aus deren Tor ich sie
kommen sah, halten durfte, trugen lange, sehr weite Hosen
nach Art der Japaneser zugeschnitten, von köstlichem Zeuge,
Samt, Manchester, feinem Tuch oder auch wohl bunt durch-
wirkter Leinwand mit Tressen oder hübschen Bändern und
Schnüren reichlich besetzt, dazu kleine Kinderröcklein,
kaum den Unterleib bedeckend, meistens von sonnenheller
Farbe, nur wenige gingen schwarz. Die Haare hingen unge-
kämmt in natürlicher Wildheit auf Schultern und Rücken

herab, und auf dem Kopf saß ein kleines seltsames Mützchen.
Manche hatten den Hals ganz entblößt nach der Weise der
Türken und Neugriechen, andere dagegen trugen um Hals
und Brust ein Stückchen weiße Leinwand, beinahe einem
Hemdekragen ähnlich, wie Du, geliebter Rufin! sie auf den
Bildern unserer Vorfahren gesehen haben wirst. Ungeachtet
diese Leute sämtlich sehr jung zu sein schienen, war doch ihre
Sprache tief und rauh, jede ihrer Bewegungen ungelenk und
mancher hatte einen schmalen Schatten unter der Nase, als
sitze dort ein Stutzbärtchen. Aus den Hinterteilen der kleinen
Röcke mancher ragte ein langes Rohr hervor, an dem große
seidene Quasten baumelten. Andere hatten diese Röhre hervorgezogen, und kleine – größere – manchmal auch sehr
große wunderlich geformte Köpfe unten daran befestigt, aus
denen sie, oben durch ein ganz spitz zulaufendes Röhrchen
hineinblasend, auf geschickte Weise künstliche Dampfwolken aufsteigen zu lassen wußten. Andre trugen breite blit-
zende Schwerter in den Händen, als wollten sie dem Feinde
entgegen ziehen; noch andere hatten kleine Behältnisse von
Leder oder Blech umgehängt oder über den Rücken ge-
schnallt. Du kannst denken, lieber Rufin! daß ich, der ich
durch sorgliches Betrachten jeder mir neuen Erscheinung
mein Wissen zu bereichern suche, still stand und mein Auge
fest auf die seltsamen Leute heftete. Da versammelten sich
um mich her, schrien ganz gewaltig: ›Philister – Philister!‹ –
und schlugen eine entsetzliche Lache auf. – Das verdroß
mich. Denn, geliebter Rufin! gibt es für einen großen Gelehr-
ten etwas Kränkenderes, als für einen von dem Volke gehalten zu werden, das vor vielen tausend Jahren mittelst eines
Eselkinnbackens erschlagen wurde? – Ich nahm mich zusammen in der mir angebornen Würde, und sprach laut zu dem
sonderbaren Volk um mich her, daß ich hoffe, mich in einem
zivilisierten Staat zu befinden, und daß ich mich an Polizei
und Gerichtshöfe wenden würde, um die mir zugefügte
Unbill zu rächen. Da brummten sie alle; auch die, die bisher
noch nicht gedampft, zogen die dazu bestimmten Maschinen
aus der Tasche und alle bliesen mir die dicken Dampfwolken

ins Gesicht, welche, wie ich nun erst merkte, ganz unerträglich stanken und meine Sinne betäubten. Dann sprachen sie eine Art Fluch über mich aus, dessen Worte ich ihrer Gräßlichkeit halber Dir, geliebter Rufin! gar nicht wiederholen mag. Nur mit tiefem Grausen kann ich selbst daran denken. Endlich verließen sie mich unter lautem Hohngelächter, und mir war's, als wenn das Wort: Hetzpeitsche, in den Lüften verhalle! – Mein Fuhrmann, der alles mit angehört, mit angesehen, rang die Hände und sprach: ›Ach mein lieber Herr! nun das geschehen ist was geschah, so gehen Sie bei Leibe nicht in jene Stadt hinein! Kein Hund, wie man zu sagen pflegt, würde ein Stück Brot von Ihnen nehmen und stete Gefahr Sie bedrohen, geprü–‹ Ich ließ den Wackern nicht ausreden, sondern wandte meine Schritte so schnell als es nur gehen mochte, nach dem nächsten Dorfe. In dem einsamen Kämmerlein des einzigen Wirtshauses dieses Dorfs sitze ich, und schreibe Dir, mein geliebter Rufin, dieses alles! – So viel es möglich ist, werde ich Nachrichten einziehen von dem fremden barbarischen Volke, das in jener Stadt hauset. Von ihren Sitten – Gebräuchen – von ihrer Sprache usw. habe ich mir schon manches höchst Seltsame erzählen lassen und werde Dir getreulich alles mitteilen etc. etc.«

– Du gewahrst, o mein geliebter Leser, daß man ein großer Gelehrter und doch mit sehr gewöhnlichen Erscheinungen im Leben unbekannt sein, und doch über Weltbekanntes in die wunderlichsten Träume geraten kann. Ptolomäus Philadelphus hatte studiert und kannte nicht einmal Studenten, und wußte nicht einmal, daß er in dem Dorfe Hoch-Jakobsheim saß, das bekanntlich dicht bei der berühmten Universität Kerepes liegt, als er seinem Freunde von einer Begebenheit schrieb, die sich in seinem Kopfe zum seltsamsten Abenteuer umgeformt hatte. Der gute Ptolomäus erschrak, als er Studenten begegnete, die fröhlich und guter Dinge über Land zogen zu ihrer Lust. Welche Angst hätte ihn überfallen, wäre er eine Stunde früher in Kerepes angekommen, und hätte ihn der Zufall vor das Haus des Professors der Naturkunde Mosch Terpin geführt! – Hunderte von Studenten hätten aus

dem Hause herausströmend ihn umringt, lärmend disputie-
rend etc., und noch wunderlichere Träume wären ihm in den
Kopf gekommen über diesem Gewirr, über diesem Ge-
treibe.

5 Die Collegia Mosch Terpins wurden nämlich in ganz Kerepes
am häufigsten besucht. Er war, wie gesagt, Professor der
Naturkunde, er erklärte, wie es regnet, donnert, blitzt,
warum die Sonne scheint bei Tage und der Mond des Nachts,
wie und warum das Gras wächst etc., so daß jedes Kind es
10 begreifen mußte. Er hatte die ganze Natur in ein kleines niedliches Kompendium zusammengefaßt, so daß er sie bequem
nach Gefallen handhaben und daraus für jede Frage die Antwort wie aus einem Schubkasten herausziehen konnte. Seinen
Ruf begründete er zuerst dadurch, als er es nach vielen physi-
15 kalischen Versuchen glücklich herausgebracht hatte, daß die
Finsternis hauptsächlich von Mangel an Licht herrühre. Dies,
sowie daß er eben jene physikalischen Versuche mit vieler
Gewandtheit in nette Kunststückchen umzusetzen wußte
und gar ergötzlichen Hokus Pokus trieb, verschaffte ihm den
20 unglaublichen Zulauf. – Erlaube, mein günstiger Leser, daß,
da Du viel besser wie der berühmte Gelehrte Ptolomäus Philadelphus Studenten kennst, da Du nichts von seiner träume-
rischen Furchtsamkeit weißt, ich Dich nun nach Kerepes
führe vor das Haus des Professors Mosch Terpin, als er eben
25 sein Collegium beendet. Einer unter den herausströmenden
Studenten fesselt sogleich Deine Aufmerksamkeit. Du
gewahrst einen wohlgestalteten Jüngling von drei- bis vier-
undzwanzig Jahren, aus dessen dunkel leuchtenden Augen
ein innerer reger, herrlicher Geist mit beredten Worten
30 spricht. Beinahe keck würde sein Blick zu nennen sein, wenn
nicht die schwärmerische Trauer, wie sie auf dem ganzen
blassen Antlitz liegt, einem Schleier gleich die brennenden
Strahlen verhüllte. Sein Rock von schwarzem feinen Tuch mit
gerissenem Samt besetzt ist beinahe nach altteutscher Art
35 zugeschnitten, wozu der zierliche blendendweiße Spitzen-
kragen, sowie das Samtbarett, das auf den schönen kastanien-
braunen Locken sitzt, ganz gut paßt. Gar hübsch steht ihm

diese Tracht deshalb, weil er seinem ganzen Wesen, seinem Anstande in Gang und Stellung, seiner bedeutungsvollen Gesichtsbildung nach wirklich einer schönen frommen Vorzeit anzugehören scheint und man daher nicht eben an die Ziererei denken mag, wie sie in kleinlichem Nachäffen mißverstandener Vorbilder in ebenso mißverstandenen Ansprüchen der Gegenwart oft an der Tagesordnung ist. Dieser junge Mann, der Dir, geliebter Leser, auf den ersten Blick so wohlgefällt, ist niemand anders, als der Student Balthasar, anständiger, vermögender Leute Kind, fromm – verständig – fleißig – von dem ich Dir, o mein Leser! in der merkwürdigen Geschichte, die ich aufzuschreiben unternommen, gar vieles zu erzählen gedenke. –

Ernst, in Gedanken vertieft, wie es seine Art war, wandelte Balthasar aus dem Kollegium des Professors Mosch Terpin dem Tore zu, um sich, statt auf den Fechtboden, in das anmutige Wäldchen zu begeben, das kaum ein paar hundert Schritte von Kerepes liegt. Sein Freund Fabian, ein hübscher Bursche von munterm Ansehen und eben solcher Gesinnung, rannte ihm nach und ereilte ihn dicht vor dem Tore.

»Balthasar!« – rief nun Fabian laut, »Balthasar, nun, willst du wieder heraus in den Wald und wie ein melancholischer Philister einsam umherirren, während tüchtige Bursche sich wacker üben in der edlen Fechtkunst! – Ich bitte dich, Balthasar, laß doch endlich ab von deinem närrischen, unheimlichen Treiben, und sei wieder recht munter und froh, wie du es sonst wohl warst. Komm! – wir wollen uns in ein paar Gängen versuchen, und willst du denn noch heraus, so lauf' ich wohl mit dir.«

»Du meinst es gut«, erwiderte Balthasar, »du meinst es gut, Fabian, und deswegen will ich nicht mit dir grollen, daß du mir manchmal auf Steg und Weg nachläufst wie ein Besessener und mich um manche Lust bringst, von der du keinen Begriff hast. Du gehörst nun einmal zu den seltsamen Leuten, die jeden, den sie einsam wandeln sehn, für einen melancholischen Narren halten und ihn auf ihre Weise handhaben und kurieren wollen, wie jener Hofschranz den würdigen Prinzen

24

Hamlet, der dem Männlein dann, als er versicherte sich nicht
auf das Flötenblasen zu verstehen, eine tüchtige Lehre gab.
Damit will ich dich, lieber Fabian, nun zwar verschonen,
übrigens dich aber recht herzlich bitten, daß du zu deiner
edlen Fechterei mit Rapier und Hieber einen andern Kumpan
suchen und mich ruhig meinen Weg fortwandeln lassen
mögest.« – »Nein nein«, rief Fabian lachend, »so entkommst
du mir nicht, mein teurer Freund! – Willst du mit mir nicht
auf den Fechtboden, so gehe ich mit dir heraus in das Wäldchen. Es ist die Pflicht des treuen Freundes, dich in deinem
Trübsinn aufzuheitern. Komm nur, lieber Balthasar, komm
nur, wenn du es denn nicht anders haben willst.« Damit faßte
er den Freund unter den Arm, und schritt rüstig mit ihm von
dannen. Balthasar biß in stillem Ingrimm die Zähne zusammen und beharrte in finsterm Schweigen, während Fabian in
einem Zuge Lustiges und Lustiges erzählte. Es lief viel Alber-
nes mit unter, welches immer zu geschehen pflegt beim lustigen Erzählen in einem Zuge.
Als sie nun endlich in die kühlen Schatten des duftenden
Waldes traten, als die Büsche wie in sehnsüchtigen Seufzern
flüsterten, als die wunderbaren Melodien der rauschenden
Bäche, die Lieder des Waldgeflügels fernhin tönten und den
Widerhall weckten, der ihnen aus den Bergen antwortete, da
stand Balthasar plötzlich still und rief, indem er die Arme
weit ausbreitete, als woll' er Baum und Gebüsch liebend
umfangen: »O nun ist mir wieder wohl! – unbeschreiblich
wohl!« – Fabian schaute den Freund etwas verblüfft an, wie
einer, der nicht klug werden kann aus des andern Rede, der
gar nicht weiß, was er damit anfangen soll. Da faßte Balthasar
seine Hand und rief voll Entzücken: »Nicht wahr, Bruder,
nun geht dir auch das Herz auf, nun begreifst du auch das
selige Geheimnis der Waldeinsamkeit?« – »Ich verstehe dich
nicht ganz, lieber Bruder«, erwiderte Fabian, »aber wenn du
meinst, daß dir ein Spaziergang hier im Walde wohl tut, so
bin ich völlig deiner Meinung. Gehe ich nicht auch gern spazieren, zumal in guter Gesellschaft, in der man ein vernünftiges lehrreiches Gespräch führen kann? – Z. B. ist es wohl eine

wahre Lust mit unserm Professor Mosch Terpin über Land zu gehen. Der kennt jedes Pflänzchen, jedes Gräschen, und weiß wie es heißt mit Namen und in welche Klasse es gehört, und versteht sich auf Wind und Wetter –« »Halt ein«, rief Balthasar, »ich bitte dich, halt ein! – Du berührst etwas, das mich toll machen könnte, gäb' es sonst keinen Trost dafür. Die Art, wie der Professor über die Natur spricht, zerreißt mein Inneres. Oder vielmehr mich faßt dabei ein unheimliches Grauen, als säh' ich den Wahnsinnigen, der in geckenhafter Narrheit König und Herrscher ein selbst gedrehtes Strohpüppchen liebkost, wähnend, die königliche Braut zu umhalsen! Seine sogenannten Experimente kommen mir vor wie eine abscheuliche Verhöhnung des göttlichen Wesens, dessen Atem uns in der Natur anweht und in unserm innersten Gemüt die tiefsten heiligsten Ahnungen aufregt. Oft gerat' ich in Versuchung, ihm seine Gläser, seine Phiolen, seinen ganzen Kram zu zerschmeißen, dächt' ich nicht daran, daß der Affe ja nicht abläßt mit dem Feuer zu spielen, bis er sich die Pfoten verbrennt. – Sieh, Fabian, diese Gefühle ängstigen mich, pressen mir das Herz zusammen in Mosch Terpins Vorlesungen, und wohl mag ich euch dann tiefsinniger und menschenscheuer vorkommen als jemals. Mir ist dann zu Mute, als wollten die Häuser über meinem Kopf zusammenstürzen, eine unbeschreibliche Angst treibt mich heraus aus der Stadt. Aber hier, hier erfüllt bald mein Gemüt eine süße Ruhe. Auf den blumigen Rasen gelagert, schaue ich herauf in das weite Blaue des Himmels, und über mir, über den jubelnden Wald hinweg ziehen die goldnen Wolken wie herrliche Träume aus einer fernen Welt voll seliger Freuden! – O mein Fabian, dann erhebt sich aus meiner eignen Brust ein wunderbarer Geist, und ich vernehm' es, wie er in geheimnisvollen Worten spricht mit den Büschen – mit den Bäumen, mit den Wogen des Waldbachs und nicht vermag ich die Wonne zu nennen, die dann in süßem wehmütigen Bangen mein ganzes Wesen durchströmt!« – »Ei«, rief Fabian, »ei das ist nun wieder das alte ewige Lied von Wehmut und Wonne und sprechenden Bäumen und Waldbächen. Alle deine Verse strotzen von diesen artigen Dingen, die ganz passabel ins Ohr fallen und mit Nutzen verbraucht werden, sobald man nichts weiter dahinter sucht. – Aber sage mir, mein vortrefflichster Melancholikus, wenn dich Mosch Terpins Vorlesungen in der Tat so entsetzlich kränken und ärgern, sage mir nur, warum in aller Welt du in jede hineinläufst, warum du keine einzige versäumst, und dann freilich jedesmal stumm und starr mit geschlossenen Augen dasitzest wie ein Träumender?« – »Frage mich«, erwiderte Balthasar, indem er die Augen niederschlug, »frage mich darum nicht, lieber Freund! – Eine unbekannte Gewalt zieht mich jeden Morgen hinein in Mosch Terpins Haus. Ich fühle im voraus meine Qualen und doch kann ich nicht widerstehen, ein dunkles Verhängnis reißt mich fort!« – »Ha – ha –« lachte Fabian hell auf, »ha ha ha – wie fein – wie poetisch, wie mystisch! Die unbekannte Gewalt, die dich hineinzieht in Mosch Terpins Haus, liegt in den dunkelblauen Augen der schönen Candida! – Daß du bis über die Ohren verliebt bist in des Professors niedliches Töchterlein, das wissen wir alle längst, und darum halten wir dir deine Phantasterei, dein närrisches Wesen zu Gute. Mit Verliebten ist es nun nicht anders. Du befindest dich im ersten Stadium der Liebeskrankheit und mußt in späten Jünglingsjahren dich zu all den seltsamen Possen bequemen, die wir, ich und viele andere, dem Himmel sei es gedankt! ohne ein großes zuschauendes Publikum auf der Schule durchmachten. Aber glaube mir, mein süßes Herz –«

Fabian hatte indessen seinen Freund Balthasar wieder beim Arme gefaßt und war mit ihm rasch weitergeschritten. Eben jetzt traten sie heraus aus dem Dickicht auf den breiten Weg, der mitten durch den Wald führte. Da gewahrte Fabian, wie aus der Ferne ein Pferd ohne Reiter in eine Staubwolke gehüllt herantrabte. – »Hei hei! –« rief er, sich in seiner Rede unterbrechend, »hei hei, da ist eine verfluchte Schindmähre durchgegangen und hat ihren Reiter abgesetzt – *die* müssen wir fangen und nachher den Reiter suchen im Walde.« Damit stellte er sich mitten in den Weg.

Näher und näher kam das Pferd, da war es, als wenn von

beiden Seiten ein Paar Reitstiefel in der Luft auf und nieder baumelten und auf dem Sattel etwas Schwarzes sich rege und bewege. Dicht vor Fabian erschallte ein langes gellendes Prrr – Prrr – und in demselben Augenblick flogen ihm auch ein Paar Reitstiefel um den Kopf und ein kleines seltsames schwarzes Ding kugelte hin, ihm zwischen die Beine. Mauerstill stand das große Pferd und beschnüffelte mit lang vorgestrecktem Halse sein winziges Herrlein, das sich im Sande wälzte und endlich mühsam auf die Beine richtete. Dem kleinen Knirps steckte der Kopf tief zwischen den hohen Schultern, er war mit seinem Auswuchs auf Brust und Rücken, mit seinem kurzen Leibe und seinen hohen Spinnenbeinchen anzusehen wie ein auf eine Gabel gespießter Apfel, dem man ein Fratzengesicht eingeschnitten. Als nun Fabian dies seltsame kleine Ungetüm vor sich stehen sah, brach er in ein lautes Gelächter aus. Aber der Kleine drückte sich das Barettlein, das er vom Boden aufgerafft, trotzig in die Augen und fragte, indem er Fabian mit wilden Blicken durchbohrte, in rauhem tief heiserem Ton: »Ist dies der rechte Weg nach Kerepes?« »Ja, mein Herr!« antwortete Balthasar mild und ernst, und reichte dem Kleinen die Stiefel hin, die er zusammengesucht hatte. Alles Mühen des Kleinen, die Stiefel anzuziehen, blieb vergebens, er stülpte einmal übers andere um und wälzte sich stöhnend im Sande. Balthasar stellte beide Stiefel aufrecht zusammen, hob den Kleinen sanft in die Höhe und steckte ihn ebenso niederlassend, beide Füßchen in die zu schwere und weite Futterale. Mit stolzem Wesen, die eine Hand in die Seite gestemmt, die andere ans Barett gelegt, rief der Kleine: »*Gratias*, mein Herr!« und schritt nach dem Pferde hin, dessen Zügel er faßte. Alle Versuche, den Steigbügel zu erreichen oder hinauf zu klimmen auf das große Tier, blieben indessen vergebens. Balthasar, immer ernst und mild, trat hinzu und hob den Kleinen in den Steigbügel. Er mochte sich wohl einen zu starken Schwung gegeben haben, denn in demselben Augenblick, als er oben saß, lag er auf der andern Seite auch wieder unten. »Nicht so hitzig, allerliebster Mosje!« rief Fabian, indem er aufs neue in ein schallendes

Gelächter ausbrach. »Der Teufel ist Ihr allerliebster Mosje«, schrie der Kleine ganz erbost, indem er sich den Sand von den Kleidern klopfte, »ich bin Studiosus, und wenn Sie desgleichen sind, so ist es Tusch, daß Sie mir wie ein Hasenfuß ins Gesicht lachen, und Sie müssen sich morgen in Kerepes mit mir schlagen!« »Donner«, rief Fabian immer fort lachend, »Donner, das ist mal ein tüchtiger Bursche, ein Allerweltskerl, was Courage betrifft und echten Komment.« Und damit hob er den Kleinen, alles Zappelns und Sträubens ungeachtet, in die Höhe und setzte ihn aufs Pferd, das sofort mit seinem Herrlein lustig wiehernd davontrabte! – Fabian hielt sich beide Seiten, er wollte vor Lachen ersticken. »Es ist grausam«, sprach Balthasar, »einen Menschen auszulachen, den die Natur auf solche entsetzliche Weise verwahrlost hat, wie den kleinen Reiter dort. Ist er wirklich Student, so mußt du dich mit ihm schlagen, und zwar, läuft's auch sonst gegen alle akademische Sitte, auf Pistolen, da er weder Rapier noch Hieber zu führen vermag.« – »Wie ernst«, sprach Fabian, »wie ernst, wie trübselig du das alles wieder nimmst, mein lieber Freund Balthasar. Nie ist's mir eingefallen, eine Mißgeburt auszulachen. Aber sage mir, darf solch ein knorpliger Däumling sich auf ein Pferd setzen, über dessen Hals er nicht wegzuschauen vermag? Darf er die Füßlein in solch verrucht weite Stiefeln stecken? darf er eine knapp anschließende Kurtka mit tausend Schnüren und Troddeln und Quasten, darf er solch ein verwunderliches Samtbarett tragen? darf er solch ein hochmütiges trotziges Wesen annehmen? darf er sich solche barbarische heisere Laute abzwingen? – Darf er das alles, frage ich, ohne mit Recht als eingefleischter Hasenfuß ausgelacht zu werden? – Aber ich muß hinein, ich muß den Rumor mit anschauen, den es geben wird, wenn der ritterliche Studiosus einzieht auf seinem stolzen Rosse! – Mit dir ist doch heute einmal nichts anzufangen! – Gehab dich wohl!« – Spornstreichs rannte Fabian durch den Wald nach der Stadt zurück. –

Balthasar verließ den offenen Weg und verlor sich in das dichteste Gebüsch, da sank er hin auf einen Moossitz, erfaßt, ja überwältigt von den bittersten Gefühlen. Wohl mocht' es sein, daß er die holde Candida wirklich liebte, aber er hatte diese Liebe wie ein tiefes, zartes Geheimnis in dem Innersten seiner Seele vor allen Menschen, ja vor sich selbst verschlossen. Als nun Fabian so ohne Hehl, so leichtsinnig darüber sprach, war es ihm, als rissen rohe Hände in frechem Übermut die Schleier von dem Heiligenbilde herab, die zu berühren er nicht gewagt, als müsse nun die Heilige auf *ihn* selbst ewig zürnen. Ja Fabians Worte schienen ihm eine abscheuliche Verhöhnung seines ganzen Wesens, seiner süßesten Träume.

»Also«, rief er im Übermaß seines Unmuts aus, »also für einen verliebten Gecken hältst du mich, Fabian! – für einen Narren, der in Mosch Terpins Vorlesungen läuft, um wenigstens eine Stunde hindurch mit der schönen Candida unter einem Dache zu sein, der in dem Walde einsam umherstreift, um auf elende Verse zu sinnen an die Geliebte und sie noch erbärmlicher aufzuschreiben, der die Bäume verdirbt, alberne Namenszüge in ihre glatten Rinden einschneidend, der in Gegenwart des Mädchens kein gescheutes Wort zu Markte bringt, sondern nur seufzt und ächzt und weinerliche Gesichter schneidet, als litt er an Krämpfen, der verwelkte Blumen, die sie am Busen trug, oder gar den Handschuh, den sie verlor, auf der bloßen Brust trägt – kurz, der tausend kindische Torheiten begeht! – Und darum, Fabian, neckst du mich, und darum lachen mich wohl alle Bursche aus, und darum bin ich samt der innern Welt, die mir aufgegangen, vielleicht ein Gegenstand der Verspottung. – Und die holde – liebliche – herrliche Candida –«

Als er diesen Namen aussprach, fuhr es ihm durchs Herz, wie ein glühender Dolchstich! – Ach! – eine innere Stimme flüsterte ihm in dem Augenblick sehr vernehmlich zu, daß er ja nur eben Candidas wegen in Mosch Terpins Haus gehe, daß er Verse mache an die Geliebte, daß er ihre Namen einschneide in das Laubholz, daß er in ihrer Gegenwart verstumme, seufze, ächze, daß er verwelkte Blumen, die sie verlor, auf der Brust trage, daß er mithin ja wirklich in alle

30

Torheiten verfalle, wie sie ihm Fabian nur vorrücken könne. – Erst jetzt fühlte er es recht, wie unaussprechlich er die schöne Candida liebe, aber auch zugleich, daß seltsam genug sich die reinste innigste Liebe im äußern Leben etwas geckenhaft gestalte, welches wohl der tiefen Ironie zuzurechnen, die die Natur in alles menschliche Treiben gelegt. Er mochte recht haben, ganz unrecht war es indessen, daß er sich darüber sehr zu ärgern begann. Träume, die ihn sonst umfingen, waren verloren, die Stimmen des Waldes klangen ihm wie Hohn und Spott, er rannte zurück nach Kerepes.

»Herr Balthasar – mon cher Balthasar« – rief es ihn an. Er schlug den Blick auf und blieb festgezaubert stehen, denn ihm entgegen kam der Professor Mosch Terpin, der seine Tochter Candida am Arme führte. Candida begrüßte den zur Bildsäule Erstarrten mit der heitern freundlichen Unbefangenheit, die ihr eigen. »Balthasar, mon cher Balthasar«, rief der Professor, »Sie sind in der Tat der fleißigste, mir der liebste von meinen Zuhörern! – O mein Bester, ich merk' es Ihnen an, Sie lieben die Natur mit all ihren Wundern, wie ich, der ich einen wahren Narren daran gefressen! – Gewiß wieder botanisiert in unserm Wäldchen! – Was Ersprießliches gefunden? – Nun! – lassen Sie uns nähere Bekanntschaft machen. – Besuchen Sie mich – jederzeit willkommen – Können zusammen experimentieren – Haben Sie schon meine Luftpumpe gesehen? – Nun! – mon cher – morgen Abend versammelt sich ein freundschaftlicher Zirkel in meinem Hause, welcher Tee mit Butterbrot konsumieren und sich in angenehmen Gesprächen erlustigen wird, vermehren Sie ihn durch Ihre werte Person – Sie werden einen sehr anziehenden jungen Mann kennen lernen, der mir ganz besonders empfohlen – Bonsoir, mon cher – Guten Abend, Vortrefflicher – au revoir – Auf Wiedersehen! – Sie kommen doch morgen in die Vorlesung? – Nun – mon cher, adieu!« – Ohne Balthasars Antwort abzuwarten, schritt der Professor Mosch Terpin mit seiner Tochter von dannen.

Balthasar hatte in seiner Bestürzung nicht gewagt, die Augen aufzuschlagen, aber Candidas Blicke brannten hinein in seine

Brust, er fühlte den Hauch ihres Atems und süße Schauer durchbebten sein innerstes Wesen.

Entnommen war ihm aller Unmut, er schaute voll Entzücken der holden Candida nach, bis sie in den Laubgängen verschwand. Dann kehrte er langsam in den Wald zurück, um herrlicher zu träumen als jemals.

Drittes Kapitel

Wie Fabian nicht wußte was er sagen sollte. – Candida und Jungfrauen, die nicht Fische essen dürfen. – Mosch Terpins literarischer Tee. – Der junge Prinz.

Fabian gedachte, als er den Richtsteig quer durch den Wald lief, dem kleinen wunderlichen Knirps, der vor ihm davongetrabt, doch wohl noch zuvor zu kommen. Er hatte sich geirrt, denn aus dem Gebüsch heraustretend, gewahrte er ganz in der Ferne, wie noch ein anderer stattlicher Reiter sich zu dem Kleinen gesellte und wie nun beide in das Tor von Kerepes hineinritten. – »Hm!« – sprach Fabian zu sich selbst, »ist der Nußknacker auf seinem großen Pferde auch schon vor mir angelangt, so komme ich doch noch zeitig genug zu dem Spektakel, den es geben wird bei seiner Ankunft. Ist das seltsame Ding wirklich ein Studiosus, so weiset man nach dem geflügelten Roß, und hält er dort an mit seinem gellenden Prr – Prr! – und wirft die Reitstiefel voran und sich selbst nach, und tut, wenn die Bursche lachen, wild und trotzig – nun! – dann ist das tolle Possenspiel fertig!« –

Als Fabian nun die Stadt erreicht, glaubte er in den Straßen, auf dem Wege nach dem geflügelten Roß, lauter lachenden Gesichtern zu begegnen. Dem war aber nicht so. Alle Leute gingen ruhig und ernst vorüber. Ebenso ernsthaft spazierten auf dem Platz vor dem geflügelten Roß mehrere Akademiker, die sich dort versammelt, miteinander sprechend auf und nieder. Fabian war überzeugt, daß der Kleine wenigstens hier nicht angekommen sein müsse, da gewahrte er, einen Blick ins Tor des Gasthauses werfend, daß soeben das sehr kennbare Pferd des Kleinen nach dem Stall geführt wurde. Auf den ersten Besten seiner Bekannten sprang er nun los und fragte, ob denn nicht ein ganz seltsamer wunderlicher Knirps herangetrabt sei? – Der, den Fabian fragte, wußte ebenso wenig etwas davon als die übrigen, denen Fabian nun erzählte, was sich mit ihm und dem Däumling, der ein Student ein wollen, begeben. Alle lachten sehr, versicherten indessen, daß ein solches Ding, wie das, was er beschreibe, keineswegs angelangt. Wohl wären aber vor kaum zehn Minuten zwei sehr stattliche Reiter auf schönen Pferden im Gasthause zum geflügelten Roß abgestiegen. »Saß der eine von ihnen auf dem Pferde, das eben nach dem Stall geführt wurde?« So fragte Fabian. »Allerdings«, erwiderte einer, »allerdings. Der, der auf jenem Pferde saß, war von etwas kleiner Statur, aber von zierlichem Körperbau, angenehmen Gesichtszügen und hatte die schönsten Lockenhaare, die man sehen kann. Dabei zeigte er sich als den vortrefflichsten Reiter, denn er schwang sich mit einer Behendigkeit, mit einem Anstande vom Pferde herab, wie der erste Stallmeister unseres Fürsten.« »Und«, rief Fabian, »und verlor nicht die Reitstiefel und kugelte euch nicht vor die Füße?« – »Gott behüte«, erwiderten alle einstimmig, »Gott behüte! – was denkst du Bruder! solch ein tüchtiger Reiter wie der Kleine!« – Fabian wußte gar nicht was er sagen sollte. Da kam Balthasar die Straße herab. Auf den stürzte Fabian los, zog ihn heran und erzählte, wie der kleine Knirps, der ihnen vor dem Tor begegnet und vom Pferde herabgefallen, hier eben angekommen sei und von allen für einen schönen Mann von zierlichem Gliederbau und für den vortrefflichsten Reiter gehalten werde. »Du siehst«, erwiderte Balthasar ernst und gelassen, »du siehst, lieber Bruder Fabian, daß nicht alle so wie du, über unglückliche von der Natur verwahrloste Menschen lieblos spottend herfallen –« »Aber du mein Himmel«, fiel ihm Fabian ins Wort, »hier ist ja gar nicht von Spott und Lieblosigkeit die Rede, sondern nur davon, ob ein drei Fuß hohes Kerlein, der einem

33

Rettich gar nicht unähnlich, ein schöner zierlicher Mann zu nennen?« – Balthasar mußte, was Wuchs und Ansehen des kleinen Studenten betraf, Fabians Aussage bestätigen. Die andern versicherten, daß der kleine Reiter ein hübscher zierlicher Mann sei, wogegen Fabian und Balthasar fortwährend behaupteten, sie hätten nie einen scheußlicheren Däumling erblickt. Dabei blieb es, und alle gingen voll Verwunderung auseinander.

Der späte Abend brach ein, die beiden Freunde begaben sich zusammen nach ihrer Wohnung. Da fuhr es dem Balthasar, selbst wußte er nicht wie, heraus, daß er dem Professor Mosch Terpin begegnet, der ihn auf den folgenden Abend zu sich geladen. »Ei du glücklicher«, rief Fabian, »ei du überglücklicher Mensch! – da wirst du dein Liebchen, die hübsche Mamsell Candida sehen, hören, sprechen!« – Balthasar, aufs neue tief verletzt, riß sich los von Fabian und wollte fort. Doch besann er sich, blieb stehen und sprach, seinen Verdruß mit Gewalt niederkämpfend: »Du magst Recht haben, lieber Bruder, daß du mich für einen albernen verliebten Gecken hältst, ich bin es vielleicht wirklich. Aber diese Albernheit ist eine tiefe schmerzhafte Wunde, die meinem Gemüt geschlagen, und die, auf unvorsichtige Weise berührt, im heftigeren Weh mich zu allerlei Tollheit aufreizen könnte. Darum Bruder! wenn du mich wirklich lieb hast, so nenne mir nicht mehr den Namen Candida!« – »Du nimmst«, erwiderte Fabian, »du nimmst, mein lieber Freund Balthasar, die Sache wieder entsetzlich tragisch, und anders läßt sich das auch in deinem Zustande nicht erwarten. Aber um mit dir nicht in allerlei häßlichen Zwiespalt zu geraten, verspreche ich, daß der Name Candida nicht eher über meine Lippen kommen soll, bis du selbst mir Gelegenheit dazu gibst. Nur so viel erlaube mir heute noch zu sagen, daß ich allerlei Verdruß voraussehe, in den dich dein Verliebtsein stürzen wird. Candida ist ein gar hübsches herrliches Mägdlein, aber zu deiner melancholischen, schwärmerischen Gemütsart paßt sie ganz und gar nicht. Wirst du näher mit ihr bekannt, so wird ihr unbefangenes heitres Wesen dir Mangel an Poesie, die du überall ver-

34

missest, scheinen. Du wirst in allerlei wunderliche Träumereien geraten, und das Ganze wird mit entsetzlichem eingebildeten Weh und genügender Verzweiflung tumultuarisch enden. – Übrigens bin ich ebenso wie du auf morgen zu unserm Professor eingeladen, der uns mit sehr schönen Experimenten unterhalten wird! – Nun gute Nacht, fabelhafter Träumer! Schlafe, wenn du schlafen kannst vor solch wichtigem Tage wie der morgende!« –

Damit verließ Fabian den Freund, der in tiefes Nachdenken versunken. – Fabian mochte nicht ohne Grund allerlei pathetische Unglücksmomente voraussehen, die sich mit Candida und Balthasar wohl zutragen konnten; denn beider Wesen und Gemütsart schien in der Tat Anlaß genug dazu zu geben.

Candida war, jeder mußte das eingestehen, ein bildhübsches Mädchen, mit recht ins Herz hinein strahlenden Augen und etwas aufgeworfenen Rosenlippen. Ob ihre übrigens schönen Haare, die sie in wunderlichen Flechten gar phantastisch aufzunesteln wußte, mehr blond oder mehr braun zu nennen, habe ich vergessen, nur erinnere ich mich sehr gut der seltsamen Eigenschaft, daß sie immer dunkler und dunkler wurden, je länger man sie anschaute. Von schlankem hohen Wuchs, leichter Bewegung, war das Mädchen, zumal in lebenslustiger Umgebung die Huld, die Anmut selbst, und man übersah es bei so vielem körperlichen Reiz sehr gern, daß Hand und Fuß vielleicht kleiner und zierlicher hätten gebaut sein können. Dabei hatte Candida Goethes »Wilhelm Meister«, Schillers Gedichte und Fouqués »Zauberring« gelesen, und beinahe alles, was darin enthalten, wieder vergessen; spielte ganz passabel das Pianoforte, sang sogar zuweilen dazu; tanzte die neuesten Françoisen und Gavotten, und schrieb die Waschzettel mit einer feinen leserlichen Hand. Wollte man durchaus an dem lieben Mädchen etwas aussetzen, so war es vielleicht, daß sie etwas zu tief sprach, sich zu fest einschnürte, sich zu lange über einen neuen Hut freute und zu viel Kuchen zum Tee verzehrte. Überschwänglichen Dichtern war freilich noch vieles andere an der hübschen

Candida nicht recht, aber was verlangen die auch alles. Fürs erste wollen sie, daß das Fräulein über alles, was sie von sich verlauten lassen, in ein somnambüles Entzücken gerate, tief seufze, die Augen verdrehe, gelegentlich auch wohl was weniges ohnmächtle oder gar zur Zeit erblinde als höchste Stufe der weiblichsten Weiblichkeit. Dann muß besagtes Fräulein des Dichters Lieder singen nach der Melodie, die ihm (dem Fräulein) selbst aus dem Herzen geströmt, augenblicklich aber davon krank werden, und selbst auch wohl Verse machen, sich aber sehr schämen wenn es herauskommt, ungeachtet die Dame dem Dichter ihre Verse auf sehr feinem wohlriechenden Papier mit zarten Buchstaben geschrieben selbst in die Hände spielte, der dann auch seinerseits vor Entzücken darüber erkrankt, welches ihm gar nicht zu verdenken ist. Es gibt poetische Aszetiker, die noch weiter gehen und es aller weiblichen Zartheit entgegen finden, daß ein Mädchen lachen, essen und trinken und sich zierlich nach der Mode kleiden sollte. Sie gleichen beinahe dem heiligen Hieronymus, der den Jungfrauen verbietet Ohrgehänge zu tragen und Fische zu essen. Sie sollen, so gebietet der Heilige, nur etwas zubereitetes Gras genießen, beständig hungrig sein ohne es zu fühlen, sich in grobe, schlecht genähte Kleider hüllen, die ihren Wuchs verbergen, vorzüglich aber eine Person zur Gefährtin wählen, die ernsthaft, bleich, traurig und etwas schmutzig ist! –

Candida war durch und durch ein heitres unbefangenes Wesen, deshalb ging ihr nichts über ein Gespräch, das sich auf den leichten luftigen Schwingen des unverfänglichsten Humors bewegte. Sie lachte recht herzlich über alles Drollige; sie seufzte nie, als wenn Regenwetter ihr den gehofften Spaziergang verdarb, oder aller Vorsicht ungeachtet, der neue Shawl einen Fleck bekommen hatte. Dabei blickte, gab es wirklichen Anlaß dazu, ein tiefes inniges Gefühl hindurch, das nie in schale Empfindelei ausarten durfte, und so mochte mir und Dir, geliebter Leser! die wir nicht zu den Überschwänglichen gehören, das Mädchen eben ganz recht sein. Sehr leicht konnte es mit Balthasar sich anders verhalten! –

Doch bald muß es sich ja wohl zeigen, inwiefern der prosaische Fabian richtig prophezeit hatte oder nicht! –

Daß Balthasar vor lauter Unruhe, vor unbeschreiblichem süßen Bangen die ganze Nacht hindurch nicht schlafen konnte: was war natürlicher als das. Ganz erfüllt von dem Bilde der Geliebten, setzte er sich hin an den Tisch und schrieb eine ziemliche Anzahl artiger wohlklingender Verse nieder, die in einer mystischen Erzählung von der Liebe der Nachtigall zur Purpurrose seinen Zustand schilderten. Die wollt' er mitnehmen in Mosch Terpins literarischen Tee und damit losfahren auf Candidas unbewahrtes Herz, wenn und wie es nur möglich.

Fabian lächelte ein wenig, als er der Verabredung gemäß zur bestimmten Stunde kam, um seinen Freund Balthasar abzuholen, und ihn zierlicher geputzt fand, als er ihn jemals gesehen. Er hatte einen gezackten Kragen von den feinsten Brüßler Kanten umgetan, sein kurzes Kleid mit geschlitzten Ärmeln war von gerissenem Samt. Und dazu trug er französische Stiefeln mit hohen spitzen Absätzen und silbernen Franzen, einen englischen Hut vom feinsten Castor, und dänische Handschuhe. So war er ganz deutsch gekleidet, und der Anzug stand ihm über alle Maßen gut, zumal er sein Haar schön kräuseln lassen und das kleine Stutzbärtchen wohl aufgekämmt hatte.

Das Herz bebte dem Balthasar vor Entzücken, als in Mosch Terpins Hause Candida ihm entgegen trat, ganz in der Tracht der altdeutschen Jungfrau, freundlich, anmutig in Blick und Wort, im ganzen Wesen, wie man sie immer zu sehen gewohnt. »Mein holdseligstes Fräulein!« seufzte Balthasar aus dem Innersten auf, als Candida, die süße Candida selbst, eine Tasse dampfenden Tee ihm darbot. Candida schaute ihn aber an mit leuchtenden Augen und sprach: »Hier ist Rum und Maraschino, Zwieback und Pumpernickel, lieber Herr Balthasar! greifen Sie doch nur gefälligst zu nach Ihrem Belieben!« Statt aber auf Rum und Maraschino, Zwieback oder Pumpernickel zu schauen oder gar zuzugreifen, konnte der begeisterte Balthasar den Blick voll schmerzlicher Wehmut der innigsten Liebe nicht abwenden von der holden Jungfrau, und rang nach Worten, die aus tiefster Seele aussprechen sollten, was er eben empfand. Da faßte ihn aber der Professor der Ästhetik, ein großer baumstarker Mann, mit gewaltiger Faust von hinten, drehte ihn herum, daß er mehr Teewasser auf den Boden verschüttete, als eben schicklich, und rief mit donnernder Stimme: »Bester Lukas Kranach, saufen Sie nicht das schnöde Wasser, Sie verderben sich den deutschen Magen total – dort im andern Zimmer hat unser tapferer Mosch eine Batterie der schönsten Flaschen mit edlem Rheinwein aufgepflanzt, die wollen wir sofort spielen lassen!« – Er schleppte den unglücklichen Jüngling fort.

Doch aus dem Nebenzimmer trat ihnen der Professor Mosch Terpin entgegen, ein kleines sehr seltsames Männlein an der Hand führend und laut rufend: »Hier, meine Damen und Herren, stelle ich Ihnen einen mit den seltensten Eigenschaften hochbegabten Jüngling vor, dem es nicht schwer fallen wird, sich Ihr Wohlwollen, Ihre Achtung zu erwerben. Es ist der junge Herr Zinnober, der erst gestern auf unsere Universität gekommen, und die Rechte zu studieren gedenkt!« – Fabian und Balthasar erkannten auf den ersten Blick den kleinen wunderlichen Knirps, der vor dem Tore ihnen entgegengesprengt und vom Pferde gestürzt war.

»Soll ich«, sprach Fabian leise zu Balthasar, »soll ich denn noch das Alräunchen herausfordern auf Blasrohr oder Schusterpfriem? Anderer Waffen kann ich mich doch nicht bedienen wider diesen furchtbaren Gegner.«

»Schäme dich«, erwiderte Balthasar, »schäme dich, daß du den verwahrlosten Mann verspottest, der, wie du hörst, die seltensten Eigenschaften besitzt, und *so* durch geistigen Wert das ersetzt, was die Natur ihm an körperlichen Vorzügen versagte.« Dann wandte er sich zum Kleinen und sprach: »Ich hoffe nicht, bester Herr Zinnober, daß Ihr gestriger Fall vom Pferde etwa schlimme Folgen gehabt haben wird?« Zinnober hob sich aber, indem er einen kleinen Stock, den er in der Hand trug, hinten unterstemmte, auf den Fußspitzen in die Höhe, so daß er dem Balthasar beinahe bis an den Gürtel reichte, warf den Kopf in den Nacken, schaute mit wildfunkelnden Augen herauf und sprach in seltsam schnarrendem Baßton: »Ich weiß nicht was Sie wollen, wovon Sie sprechen, mein Herr! – Vom Pferde gefallen? – *ich* vom Pferde gefallen? – Sie wissen wahrscheinlich nicht, daß ich der beste Reiter bin, den es geben kann, daß ich niemals vom Pferde falle, daß ich als Freiwilliger unter den Kürassieren den Feldzug mitgemacht und Offizieren und Gemeinen Unterricht gab im Reiten auf der Manege! – hm hm – vom Pferde fallen – ich vom Pferde fallen!« – Damit wollte er sich rasch umwenden, der Stock, auf den er sich gestützt, glitt aber aus, und der Kleine torkelte um und um, dem Balthasar vor die Füße. Balthasar griff herab nach dem Kleinen, ihm aufzuhelfen, und berührte dabei unversehens sein Haupt. Da stieß der Kleine einen gellenden Schrei aus, daß es im ganzen Saal widerhallte und die Gäste erschrocken auffuhren von ihren Sitzen. Man umringte den Balthasar und fragte durcheinander, warum er denn um des Himmels willen so entsetzlich geschrieen. »Nehmen Sie es nicht übel, bester Herr Balthasar«, sprach der Professor Mosch Terpin, »aber das war ein etwas wunderlicher Spaß. Denn wahrscheinlich wollten Sie uns doch glauben machen, es trete hier jemand einer Katze auf den Schwanz!« »Katze – Katze – weg mit der Katze!« rief eine nervenschwache Dame und fiel sofort in Ohnmacht, und mit dem Geschrei: »Katze – Katze –« rannten ein paar alte Herren, die an derselben Idiosynkrasie litten, zur Türe hinaus. Candida, die ihr ganzes Riechfläschchen auf die ohnmächtige Dame ausgegossen, sprach leise zu Balthasar: »Aber was richten Sie auch für Unheil an mit ihrem häßlichen gellenden Miau, lieber Herr Balthasar!«

Dieser wußte gar nicht, wie ihm geschah. Glutrot im ganzen Gesicht vor Unwillen und Scham, vermochte er kein Wort herauszubringen, nicht zu sagen, daß es ja der kleine Herr Zinnober und nicht *er* gewesen, der so entsetzlich gemauzt.

Der Professor Mosch Terpin sah des Jünglings schlimme Verlegenheit. Er nahte sich ihm freundlich und sprach: »Nun

39

nun, lieber Herr Balthasar, sein Sie doch nur ruhig. Ich habe wohl alles bemerkt. Sich zur Erde bückend, auf allen Vieren hüpfend, ahmten Sie den gemißhandelten grimmigen Kater herrlich nach. Ich liebe sonst sehr dergleichen naturhistorische Spiele, doch hier im literarischen Tee« – »Aber«, platzte Balthasar heraus, »aber vortrefflichster Herr Professor, ich war es ja nicht« – »Schon gut – schon gut«, fiel ihm der Professor in die Rede. Candida trat zu ihnen. »Tröste mir«, sprach der Professor zu dieser, »tröste mir doch den guten Balthasar, der ganz betreten ist über alles Unheil, was geschehen.«

Der gutmütigen Candida tat der arme Balthasar, der ganz verwirrt mit niedergesenktem Blick vor ihr stand, herzlich leid. Sie reichte ihm die Hand und lispelte mit anmutigem Lächeln: »Es sind aber auch recht komische Leute, die sich so entsetzlich vor Katzen fürchten.«

Balthasar drückte Candidas Hand mit Inbrunst an die Lippen. Candida ließ den seelenvollen Blick ihrer Himmelsaugen auf ihm ruhen. Er war verzückt in den höchsten Himmel und dachte nicht mehr an Zinnober und Katzengeschrei. – Der Tumult war vorüber, die Ruhe wieder hergestellt. Am Teetisch saß die nervenschwache Dame und genoß mehreren Zwieback, den sie in Rum tunkte, versichernd, an dergleichen erlabe sich das von feindlicher Macht bedrohte Gemüt, und dem jähen Schreck folge sehnsüchtig Hoffen! –

Auch die beiden alten Herren, denen draußen wirklich ein flüchtiger Kater zwischen die Beine gelaufen, kehrten beruhigt zurück, und suchten, wie mehrere andere, den Spieltisch.

Balthasar, Fabian, der Professor der Ästhetik, mehrere junge Leute setzten sich zu den Frauen. Herr Zinnober hatte sich indessen eine Fußbank herangerückt und war mittelst derselben auf den Sofa gestiegen, wo er nun in der Mitte zwischen zwei Frauen saß und stolze funkelnde Blicke um sich warf.

Balthasar glaubte, daß der rechte Augenblick gekommen, mit seinem Gedicht von der Liebe der Nachtigall zur Purpurrose hervorzurücken. Er äußerte daher mit der gehörigen Ver-

schämtheit, wie sie bei jungen Dichtern im Brauch ist, daß er,
dürfe er nicht fürchten, Überdruß und Langeweile zu erregen, dürfe er auf gütige Nachsicht der geehrten Versammlung
hoffen, es wagen wolle, ein Gedicht, das jüngste Erzeugnis
5 seiner Muse, vorzulesen.
Da die Frauen schon hinlänglich über alles verhandelt, was
sich Neues in der Stadt zugetragen, da die Mädchen den letzten Ball bei dem Präsidenten gehörig durchgesprochen und
sogar über die Normalform der neuesten Hüte einig worden,
10 da die Männer unter zwei Stunden nicht auf weitere Speis und
Tränkung rechnen durften: so wurde Balthasar einstimmig
aufgefordert, der Gesellschaft ja den herrlichen Genuß nicht
vorzuenthalten.
Balthasar zog das sauber geschriebene Manuskript hervor
15 und las.
Sein eignes Werk, das in der Tat aus wahrhaftem Dichterge-
müt mit voller Kraft, mit regem Leben hervorgeströmt,
begeisterte ihn mehr und mehr. Sein Vortrag, immer leiden-
schaftlicher steigend, verriet die innere Glut des liebenden
20 Herzens. Er bebte vor Entzücken, als leise Seufzer – manches
leise Ach – der Frauen, mancher Ausruf der Männer: »Herrlich – vortrefflich – göttlich!« ihn überzeugten, daß sein
Gedicht alle hinriß.
Endlich hatte er geendet. Da riefen alle: »Welch ein Gedicht!
25 – welche Gedanken – welche Phantasie – was für schöne
Verse – welcher Wohlklang – Dank – Dank Ihnen, bester
Herr Zinnober für den göttlichen Genuß –«
»Was? wie?« rief Balthasar; aber niemand achtete auf ihn,
sondern stürzte auf Zinnober zu, der sich auf dem Sofa
30 blähte wie ein kleiner Puter und mit widriger Stimme
schnarchte: »Bitte recht sehr – bitte recht sehr – müssen so
vorlieb nehmen! – ist eine Kleinigkeit, die ich erst vorige
Nacht aufschrieb in aller Eil!« – Aber der Professor der
Ästhetik schrie: »Vortrefflicher – göttlicher Zinnober! – Her-
35 zensfreund, außer mir bist du der erste Dichter, den es jetzt
gibt auf Erden! – Komm an meine Brust, schöne Seele!« –
Damit riß er den Kleinen vom Sofa auf in die Höhe und

41

herzte und küßte ihn. Zinnober betrug sich dabei sehr ungebärdig. Er arbeitete mit den kleinen Beinchen auf des Professors dickem Bauch herum und quäkte: »Laß mich los – laß
mich los – es tut mir weh – weh – weh – ich kratz' dir die
Augen aus – ich beiß' dir die Nase entzwei!« – »Nein«, rief   5
der Professor, indem er den Kleinen niedersetzte auf den
Sofa, »nein, holder Freund, keine zu weit getriebene Bescheidenheit!« – Mosch Terpin war nun auch vom Spieltisch herangetreten, der nahm Zinnobers Händchen, drückte
es und sprach sehr ernst: »Vortrefflich junger Mann ! – nicht   10
zu viel, nein, nicht genug sprach man mir von dem hohen
Genius, der Sie beseelt.« – »Wer ist's«, rief nun wieder der
Professor der Ästhetik in voller Begeisterung aus, »wer ist's
von euch Jungfrauen, der dem herrlichen Zinnober sein
Gedicht, das das innigste Gefühl der reinsten Liebe aus-   15
spricht, lohnt durch einen Kuß?«
Da stand Candida auf, nahete sich, volle Glut auf den Wangen, dem Kleinen, kniete nieder und küßte ihn auf den garsti-
gen Mund mit blauen Lippen. »Ja«, schrie nun Balthasar wie
vom Wahnsinn plötzlich erfaßt, »ja Zinnober – göttlicher   20
Zinnober, du hast das tiefsinnige Gedicht gemacht von der
Nachtigall und der Purpurrose, dir gebührt der herrliche
Lohn, den du erhalten!« –
Und damit riß er den Fabian ins Nebenzimmer hinein und
sprach: »Tu mir den Gefallen und schaue mich recht fest an   25
und dann sage mir offen und ehrlich, ob ich der Student
Balthasar bin oder nicht, ob du wirklich Fabian bist, ob wir in
Mosch Terpins Hause sind, ob wir im Traume liegen – ob wir
närrisch sind – zupfe mich an der Nase oder rüttle mich
zusammen, damit ich nur erwache aus diesem verfluchten   30
Spuk!« –
»Wie magst«, erwiderte Fabian, »wie magst du dich denn nur
so toll gebärden aus purer heller Eifersucht, weil Candida den
Kleinen küßte. Gestehen mußt du doch selbst, daß das
Gedicht, welches der Kleine vorlas, in der Tat vortrefflich   35
war.« – »Fabian«, rief Balthasar mit dem Ausdruck des tiefsten Erstaunens, »was sprichst du denn?« »Nun ja«, fuhr

42

Fabian fort, »nun ja, das Gedicht des Kleinen war vortrefflich, und gegönnt hab' ich ihm Candidas Kuß. – Überhaupt scheint hinter dem seltsamen Männlein allerlei zu stecken, das mehr wert ist als eine schöne Gestalt. Aber was auch selbst seine Figur betrifft, so kommt er mir jetzt nichts weniger als so abscheulich vor wie anfangs. Beim Ablesen des Gedichts verschönerte die innere Begeisterung seine Gesichtszüge, so daß er mir oft ein anmutiger wohlgewachsener Jüngling zu sein schien, ungeachtet er doch kaum über den Tisch hervorragte. Gib deine unnütze Eifersucht auf, befreunde dich als Dichter mit dem Dichter!«

»Was«, schrie Balthasar voll Zorn, »was? – noch befreunden mit dem verfluchten Wechselbalge, den ich erwürgen möchte mit diesen Fäusten?«

»So«, sprach Fabian, »so verschließest du dich denn aller Vernunft. Doch laß uns in den Saal zurückkehren, wo sich etwas Neues begeben muß, da ich laute Beifallsrufe vernehme.«

Mechanisch folgte Balthasar dem Freunde in den Saal.

Als sie eintraten, stand der Professor Mosch Terpin allein in der Mitte, die Instrumente noch in der Hand, womit er irgend ein physikalisches Experiment gemacht, starres Staunen im Gesicht. Die ganze Gesellschaft hatte sich um den kleinen Zinnober gesammelt, der, den Stock untergestemmt, auf den Fußspitzen da stand und mit stolzem Blick den Beifall einnahm, der ihm von allen Seiten zuströmte. Man wandte sich wieder zum Professor, der ein anderes sehr artiges Kunststückchen machte. Kaum war er fertig, als wiederum alle den Kleinen umringend riefen: »Herrlich – vortrefflich, lieber Herr Zinnober!« –

Endlich sprang auch Mosch Terpin zu dem Kleinen hin und rief zehnmal stärker als die übrigen: »Herrlich – vortrefflich, lieber Herr Zinnober!«

Es befand sich in der Gesellschaft der junge Fürst Gregor, der auf der Universität studierte. Der Fürst war von der anmutigsten Gestalt, die man nur sehen konnte, und dabei war sein Betragen so edel und ungezwungen, daß sich die hohe

Abkunft, die Gewohnheit, sich in den vornehmsten Kreisen zu bewegen, darin deutlich aussprach.

Fürst Gregor war es nun, der gar nicht von Zinnober wich und ihn als den herrlichsten Dichter, den geschicktesten Physiker über alle Maßen lobte.

Seltsam war die Gruppe, die beide zusammenstehend bildeten. Gegen den herrlich gestalteten Gregor stach gar wunderlich das winzige Männlein ab, das mit hoch emporgereckter Nase sich kaum auf den dünnen Beinchen zu erhalten vermochte. Alle Blicke der Frauen waren hingerichtet, aber nicht auf den Fürsten, sondern auf den Kleinen, der sich auf den Fußspitzen hebend immer wieder hinabsank und so hinauf und hinunter wankte wie ein Cartesianisches Teufelchen.

Der Professor Mosch Terpin trat zu Balthasar und sprach: »Was sagen Sie zu meinem Schützling, zu meinem lieben Zinnober? Viel steckt hinter dem Mann, und nun ich ihn so recht anschaue, ahne ich wohl die eigentliche Bewandtnis, die es mit ihm haben mag. Der Prediger, der ihn erzogen und mir empfohlen hat, drückt sich über seine Abkunft sehr geheimnisvoll aus. Betrachten Sie aber nur den edlen Anstand, sein vornehmes ungezwungenes Betragen. Er ist gewiß von fürstlichem Geblüt, vielleicht gar ein Königssohn!« – In dem Augenblick wurde gemeldet, das Mahl sei angerichtet. Zinnober torkelte ungeschickt hin zur Candida, ergriff täppisch ihre Hand und führte sie nach dem Speisesaal.

In voller Wut rannte der unglückliche Balthasar durch die finstre Nacht, durch Sturmwind und Regen fort nach Hause.

Viertes Kapitel

Wie der italienische Geiger Sbiocca den Herrn Zinnober in den Kontrabaß zu
werfen drohte, und der Referendarius Pulcher nicht zu auswärtigen Angelegenheiten gelangen konnte. – Von Maut-Offizianten und zurückbehaltenen Wundern fürs Haus. – Balthasars Bezauberung durch einen Stockknopf.

Auf einem hervorragenden bemoosten Gestein im einsamsten
Walde saß Balthasar und schaute gedankenvoll hinab in die
Tiefe, in der ein Bach schäumend fortbrauste zwischen Fels-
stücken und dichtverwachsenem Gestrüpp. Dunkle Wolken
zogen daher und tauchten nieder hinter den Bergen; das Rauschen der Bäume, der Gewässer ertönte wie ein dumpfes
Winseln, und dazwischen kreischten Raubvögel, die aus dem
finstern Dickicht aufstiegen in den weiten Himmelsraum und
sich nachschwangen dem fliehenden Gewölk. –
Dem Balthasar war, als vernehme er in den wunderbaren
Stimmen des Waldes die trostlose Klage der Natur, als müsse
er selbst untergehen in dieser Klage, als sei sein ganzes Sein
nur das Gefühl des tiefsten unverwindlichsten Schmerzes.
Das Herz wollte ihm springen vor Wehmut, und indem häufige Tränen aus seinen Augen tröpfelten, war es, als blickten
die Geister des Waldstroms zu ihm herauf und streckten
schneeweiße Arme empor aus den Wellen, ihn hinabzuziehen
in den kühlen Grund.
Da schwebte aus weiter Ferne durch die Lüfte daher heller
fröhlicher Hörnerklang und legte sich tröstend an seine
Brust, und die Sehnsucht erwachte in ihm und mit ihr süßes
Hoffen. Er sah umher, und indem die Hörner forttönten,
dünkten ihm die grünen Schatten des Waldes nicht mehr so
traurig, nicht mehr so klagend das Rauschen des Windes, das
Flüstern der Gebüsche. Er kam zu Worten.
»Nein«, rief er aus, indem er aufsprang von seinem Sitz und
mit leuchtendem Blick in die Ferne schaute, »nein, noch verschwand nicht alle Hoffnung! – Nur zu gewiß ist es, daß
irgend ein düstres Geheimnis, irgend ein böser Zauber ver-
störend in mein Leben getreten ist, aber ich breche diesen

Zauber, und sollt' ich darüber untergehen! – Als ich endlich hingerissen, übermannt von dem Gefühl, das meine Brust zersprengen wollte, der holden, süßen Candida meine Liebe gestand, las ich denn nicht in ihren Blicken, fühlte ich nicht an dem Druck ihrer Hand meine Seligkeit? – Aber sowie das verdammte kleine Ungetüm sich sehen läßt, ist *ihm* alle Liebe zugewandt. An ihr, der vermaledeiten Mißgeburt, hängen Candidas Augen, und sehnsüchtige Seufzer entfliehen ihrer Brust, wenn der täppische Junge sich ihr nähert, oder gar ihre Hand berührt. – Es muß mit ihm irgend eine geheimnisvolle Bewandtnis haben, und sollt' ich an alberne Ammenmärchen glauben, ich würde behaupten, der Junge sei verhext und könne es, wie man zu sagen pflegt, den Leuten antun. Ist es nicht toll, daß alle über das mißgestaltete, durch und durch verwahrloste Männlein spotten und lachen, und dann wieder, tritt der Kleine dazwischen, ihn als den verständigsten, gelehrtesten, ja wohlgestaltesten Herrn Studiosum ausschreien, der sich eben unter uns befindet? – Was sage ich! geht es mir nicht beinahe selbst so, kommt es mir nicht auch oft vor, als sei Zinnober gescheut und hübsch? – Nur in Candidas Gegenwart hat der Zauber keine Macht über mich, da ist und bleibt Herr Zinnober ein dummes, abscheuliches Alräunchen. – Doch! – ich stemme mich entgegen der feindlichen Macht, eine dunkle Ahnung ruht tief in meinem Innern, irgend etwas Unerwartetes werde mir die Waffe in die Hand geben wider den bösen Unhold!« –

Balthasar suchte den Rückweg nach Kerepes. In einem Baumgange fortwandernd bemerkte er auf der Landstraße einen kleinen bepackten Reisewagen, aus dem ihm jemand mit einem weißen Tuch freundlich zuwinkte. Er trat heran und erkannte Herrn Vincenzo Sbiocca, weltberühmten Virtuosen auf der Geige, den er wegen seines vortrefflichen ausdrucksvollen Spiels über alle Maßen hochschätzte und bei dem er schon seit zwei Jahren Unterricht genommen. »Gut«, rief Sbiocca, indem er aus dem Wagen sprang, »gut, mein lieber Herr Balthasar, mein teurer Freund und Schüler, gut,

daß ich Sie hier noch treffe, um von Ihnen herzlichen
Abschied nehmen zu können.«

»Wie«, sprach Balthasar, »wie Herr Sbiocca, Sie verlassen
doch nicht Kerepes, wo alles Sie ehrt und achtet, wo keiner
Sie missen mag?«

»Ja«, erwiderte Sbiocca, indem ihm alle Glut des innern
Zorns ins Gesicht trat, »ja Herr Balthasar, ich verlasse einen
Ort, in dem die Leute sämtlich närrisch sind, der einem großen Irrenhause gleicht. – Sie waren gestern nicht in meinem
Konzert, da Sie über Land gegangen, sonst hätten Sie mir
beistehen können gegen das rasende Volk, dem ich unter-
legen!«

»Was ist geschehen, um tausend Himmels willen, was ist
geschehen!« rief Balthasar.

»Ich spiele«, fuhr Sbiocca fort, »das schwierigste Konzert
von Viotti. Es ist mein Stolz, meine Freude. Sie haben es von
mir gehört, es hat Sie nie unbegeistert gelassen. Gestern war
ich, wohl mag ich es sagen, ganz vorzüglich bei guter Laune –
anima mein' ich, heitren Geistes – *spirito alato* mein' ich.
Kein Violinspieler auf der ganzen weiten Erde, Viotti selbst
hätte mir nicht nachgespielt. Als ich geendet, bricht der Beifall mit aller Wut los – *furore* mein' ich, wie ich erwartet.
Geige unter dem Arm trete ich vor, mich höflichst zu bedan-
ken. – Aber! was muß ich sehen, was muß ich hören! – Alles,
ohne mich nur im mindesten zu beachten, drängt sich nach
einer Ecke des Saals und schreit: ›bravo – bravissimo, göttlicher Zinnober! – welch ein Spiel – welche Haltung, welcher
Ausdruck, welche Fertigkeit!‹ – Ich renne hin, dränge mich
durch! – da steht ein drei Spannen hoher verwachsener Kerl
und schnarrt mit widriger Stimme: ›Bitte, bitte recht sehr,
habe gespielt wie es in meinen Kräften stand, bin freilich
nunmehr der stärkste Violinist in Europa und den übrigen
bekannten Weltteilen.‹ ›Tausend Teufel‹, schrie ich, ›wer hat
denn gespielt, ich oder der Erdwurm da!‹ – Und als der Kleine
immer fortschnarrt: ›Bitte, bitte ergebenst‹, will ich auf ihn
los und ihn fassen, in die ganze Applikatur greifend. Aber da
stürzen sie auf mich los, und reden wahnsinniges Zeug von

47

Neid, Eifersucht und Mißgunst. Unterdessen ruft einer: ›Und welche Komposition!‹ und alle einstimmig rufen hinterdrein: ›Und welche Komposition – göttlicher Zinnober! – sublimer Komponist!‹ Noch ärger als zuvor schrie ich: ›Ist denn alles rasend – besessen? das Konzert war von Viotti, und ich – ich – der weltberühmte Vincenzo Sbiocca hat es gespielt!‹ Aber nun packen sie mich fest, sprechen von italienischer Tollheit – *rabbia* mein' ich, von seltsamen Zufällen, bringen mich mit Gewalt in ein Nebenzimmer, behandeln mich wie einen Kranken, wie einen Wahnsinnigen. Nicht lange dauert es, so stürzt Signora Bragazzi hinein und fällt ohnmächtig nieder. Ihr war es ergangen wie mir. So wie sie ihre Arie geendet, erdröhnte der Saal von dem: ›*brava – bravissima* – Zinnober‹, und alle schrien, keine solche Sängerin gäb' es mehr auf Erden als Zinnober, und der schnarchte wieder sein verfluchtes: ›Bitte – bitte!‹ – Signora Bragazzi liegt im Fieber und wird baldigst verscheiden; ich meines Teils rette mich durch die Flucht vor dem wahnsinnigen Volke. Leben Sie wohl, bester Herr Balthasar! – Sehn Sie etwa den Signorino Zinnober, so sagen Sie ihm gefälligst, er möge sich nicht irgendwo in einem Konzert blicken lassen, in dem ich zugegen. Unfehlbar würd' ich ihn sonst bei seinen Käferbeinchen packen und durchs F-Loch in den Kontrabaß schmeißen, da könne er denn Zeit seines Lebens Konzerte spielen und Arien singen, wie er nur Lust hätte. Leben Sie wohl, mein geliebter Balthasar, und legen Sie die Violine nicht bei Seite!« – Damit umarmte Herr Vincenzo Sbiocca den vor Staunen erstarrten Balthasar und stieg in den Wagen, der schnell davonrollte.

»Hab' ich denn nicht Recht«, sprach Balthasar zu sich selbst, »hab' ich denn nicht Recht, das unheimliche Ding, der Zinnober, ist verhext und tut es den Leuten an.« – In dem Augenblick rannte ein junger Mensch vorüber, bleich – verstört, Wahnsinn und Verzweiflung im Antlitz. Dem Balthasar fiel es schwer aufs Herz. Er glaubte in dem Jünglinge einen seiner Freunde erkannt zu haben und sprang ihm daher schnell nach in den Wald.

Kaum zwanzig – dreißig Schritte gelaufen, wurde er den Referendarius Pulcher gewahr, der unter einem großen Baume stehen geblieben und mit himmelwärts gerichtetem Blick also sprach: »Nein! – nicht länger dulden diese Schmach! – Alle Hoffnung des Lebens ist dahin! – jede Aussicht nur ins Grab gerichtet – Fahre wohl – Leben – Welt – Hoffnung – Geliebte –«

Und damit riß der verzweiflungsvolle Referendarius eine Pistole aus dem Busen und drückte sie sich an die Stirne.

Balthasar stürzte mit Blitzesschnelle auf ihn zu, schleuderte ihm die Pistole weit weg aus der Hand und rief: »Pulcher! um Gottes willen, was ist dir, was tust du!«

Der Referendarius konnte einige Minuten hindurch nicht zu sich selbst kommen. Er war halb ohnmächtig niedergesunken auf den Rasen; Balthasar hatte sich zu ihm gesetzt und sprach tröstende Worte, wie er es nur vermochte, ohne die Ursache von Pulchers Verzweiflung zu wissen.

Hundertmal hatte Balthasar gefragt, was dem Referendarius denn Schreckliches geschehen, das den schwarzen Gedanken des Selbstmords in ihm rege gemacht. Da seufzte Pulcher endlich tief auf und begann: »Du kennst, lieber Freund Balthasar, meine bedrängte Lage, du weißt, wie ich all meine Hoffnung auf die Stelle des Geheimen Expedienten gesetzt, die bei dem Minister der auswärtigen Angelegenheiten offen; du weißt, mit welchem Eifer, mit welchem Fleiß ich mich darauf vorbereitet. Ich hatte meine Ausarbeitungen eingereicht, die, wie ich zu meiner Freude erfuhr, den vollsten Beifall des Ministers erhalten. Mit welcher Zuversicht stellte ich mich heute Vormittag zur mündlichen Prüfung! – Ich fand im Zimmer einen kleinen, mißgeschaffenen Kerl, den du wohl unter dem Namen des Herrn Zinnober kennen wirst. Der Legationsrat, dem die Prüfung übertragen, trat mir freundlich entgegen und sagte mir, zu derselben Stelle, die ich zu erhalten wünsche, habe sich auch Herr Zinnober gemeldet, er werde uns *beide* daher prüfen. Dann raunte er mir leise ins Ohr: ›Sie haben von Ihrem Mitbewerber nichts zu befürchten, bester Referendarius, die Arbeiten, die der kleine

49

Zinnober eingereicht, sind erbärmlich!‹ – Die Prüfung begann, keine Frage des Rats ließ ich unbeantwortet. Zinnober wußte nichts, gar nichts; statt zu antworten, schnarchte und quäkte er unvernehmliches Zeug, das niemand verstand, fiel auch, indem er ungebärdig mit den Beinchen strampelte, ein paarmal vom hohen Stuhl herab, so daß ich ihn wieder hinaufheben mußte. Mir bebte das Herz vor Vergnügen; die freundlichen Blicke, die der Rat dem Kleinen zuwarf, hielt ich für die bitterste Ironie. – Die Prüfung war beendigt. Wer schildert meinen Schreck, mir war es, als wenn ein jäher Blitz mich klaftertief hineinschlüge in den Boden, als der Rat den Kleinen umarmte, zu ihm sprach: ›Herrlicher Mensch! – welche Kenntnis – welcher Verstand – welcher Scharfsinn!‹ – dann zu mir: ›Sie haben mich sehr getäuscht, Herr Referendarius Pulcher – Sie wissen ja gar nichts! – Und – nehmen Sie es mir nicht übel, die Art, wie Sie sich zur Prüfung ermutigt haben mögen, läuft gegen alle Sitte, gegen allen Anstand! – Sie konnten sich ja gar nicht auf dem Stuhl erhalten, Sie fielen ja herab, und Herr Zinnober mußte Sie aufrichten. Diplomatische Personen müssen fein nüchtern sein und besonnen. – Adieu Herr Referendarius!‹ – Noch hielt ich alles für ein tolles Gaukelspiel. Ich wagte es, ich ging hin zum Minister. Er ließ mir heraus sagen, wie ich mich unterstehen könne, ihn noch mit meinem Besuch zu behelligen, nach der Art, wie ich mich in der Prüfung bewiesen – er wisse schon alles! Der Posten, zu dem ich mich gedrängt, sei schon vergeben an Herrn Zinnober! – So hat mir irgend eine höllische Macht alle Hoffnung geraubt und ich will ein Leben freiwillig opfern, das dem dunklen Verhängnis anheim gefallen! – Verlaß mich!« –

»Nimmermehr«, rief Balthasar, »erst höre mich an!«

Er erzählte nun alles, was er von Zinnober wußte seit seiner ersten Erscheinung vor dem Tor von Kerepes; wie es ihm mit dem Kleinen ergangen in Mosch Terpins Hause; was er eben jetzt von Vincenzo Sbiocca vernommen. »Es ist nur zu gewiß«, sprach er dann, »daß allem Beginnen der unseligen Mißgeburt irgend etwas Geheimnisvolles zum Grunde liegt, und glaube mir Freund Pulcher! – ist irgend ein höllischer

50

Zauber im Spiele, so kommt es nur darauf an, ihm mit festem Sinn entgegenzutreten, der Sieg ist gewiß, wenn nur der Mut vorhanden. – Darum nicht verzagt, kein zu rascher Entschluß. Laß uns vereint dem kleinen Hexenkerl zu Leibe gehen!« –

»Hexenkerl«, rief der Referendarius mit Begeisterung, »ja Hexenkerl, ein ganz verfluchter Hexenkerl ist der Kleine, das ist gewiß! – Doch Bruder Balthasar, was ist uns denn, liegen wir im Traume? – Hexenwesen – Zaubereien – ist es denn damit nicht vorbei seit langer Zeit? Hat denn nicht vor vielen Jahren Fürst Paphnutius der Große die Aufklärung eingeführt, und alles tolle Unwesen, alles Unbegreifliche aus dem Lande verbannt, und doch soll noch dergleichen verwünschte Contrebande sich eingeschlichen haben? – Wetter! das müßte man ja gleich der Polizei anzeigen und dem Maut-Offizianten! – Aber nein, nein – nur der Wahnsinn der Leute oder, wie ich beinahe fürchte, ungeheure Bestechung ist schuld an unserm Unglück. – Der verwünschte Zinnober soll unermeßlich reich sein. Er stand neulich vor der Münze und da zeigten die Leute mit Fingern nach ihm und riefen: ›Seht den kleinen hübschen Papa! – dem gehört alles blanke Gold, was da drinnen geprägt wird!‹« –

»Still«, erwiderte Balthasar, »still Freund Referendarius, mit dem Golde zwingt es der Unhold nicht, es ist etwas anderes dahinter! – Wahr, daß Fürst Paphnutius die Aufklärung einführte zu Nutz und Frommen seines Volks, seiner Nachkommenschaft, aber manches Wunderbare, Unbegreifliche ist doch noch zurückgeblieben. Ich meine, man hat noch so fürs Haus einige hübsche Wunder zurückbehalten. Z. B. noch immer wachsen aus lumpichten Samenkörnern die höchsten, herrlichsten Bäume, ja sogar die mannigfaltigsten Früchte und Getreidearten, womit wir uns den Leib stopfen. Erlaubt man ja wohl noch gar den bunten Blumen, den Insekten auf ihren Blättern und Flügeln die glänzendsten Farben, selbst die allerverwunderlichsten Schriftzüge zu tragen, von denen kein Mensch weiß, ob es Öl ist, Gouache oder Aquarell-Manier, und kein Teufel von Schreibmeister kann die

51

schmucke Kurrentschrift lesen, geschweige denn nachschreiben! – Hoho! Referendarius, ich sage dir, es geht in meinem Innern zuweilen Absonderliches vor! – Ich lege die Pfeife weg und schreite im Zimmer auf und ab, und eine seltsame Stimme flüstert, ich sei selbst ein Wunder, der Zauberer Mikrokosmus hantiere in mir und treibe mich an zu allerlei tollen Streichen! – Aber Referendarius, dann laufe ich fort und schaue hinein in die Natur, und verstehe alles, was die Blumen, die Gewässer zu mir sprechen, und mich umfängt selige Himmelslust!« –

»Du sprichst im Fieber«, rief Pulcher; aber Balthasar, ohne auf ihn zu achten, streckte die Arme aus wie von inbrünstiger Sehnsucht erfaßt, nach der Ferne. »Horche doch nur«, rief Balthasar, »horche doch nur, o Referendarius! welche himmlische Musik im Rauschen des Abendwindes durch den Wald ertönt! – Hörst du wohl, wie die Quellen stärker erheben ihren Gesang? wie die Büsche, die Blumen einfallen mit lieblichen Stimmen?« –

Der Referendarius hielt das Ohr hin, um die Musik zu erhorchen, von der Balthasar sprach. »In der Tat«, fing er dann an, »in der Tat, es wehen Töne durch den Wald, die die anmutigsten, herrlichsten sind, welche ich in meinem Leben gehört und die mir tief in die Seele dringen. Doch ist es nicht der Abendwind, nicht die Büsche, nicht die Blumen sind es, die so singen, vielmehr deucht es mir, als wenn jemand in der Ferne die tiefsten Glocken einer Harmonika anstriche.«

Pulcher hatte Recht. Wirklich glichen die vollen, immer stärker und stärker anschwellenden Akkorde, die immer näher hallten, den Tönen einer Harmonika, deren Größe und Stärke aber unerhört sein mußte. Als nun die Freunde weiter vorschritten, bot sich ihnen ein Schauspiel dar, so zauberhaft, daß sie vor Erstaunen erstarrt – fest gewurzelt – stehen blieben. In geringer Entfernung fuhr ein Mann langsam durch den Wald, beinahe chinesisch gekleidet, nur trug er ein weitbauschiges Barett mit schönen Schwungfedern auf dem Haupte. Der Wagen glich einer offenen Muschel von funkelndem Kristall, die beiden hohen Räder schienen von glei-

cher Masse. Sowie sie sich drehten, erklangen die herrlichen Harmonika-Töne, die die Freunde schon aus der Ferne gehört. Zwei schneeweiße Einhörner mit goldenem Geschirr zogen den Wagen, auf dem statt des Fuhrmanns ein Silberfasan saß, die goldnen Leinen im Schnabel haltend. Hinten auf saß ein großer Goldkäfer, der mit den flimmernden Flügeln flatternd dem wunderbaren Mann in der Muschel Kühlung zuzuwehen schien. Sowie er bei den Freunden vorüberkam, nickte er ihnen freundlich zu. In dem Augenblick fiel aus dem funkelnden Knopf des langen Rohrs, das der Mann in der Hand trug, ein Strahl auf Balthasar, so daß er einen brennenden Stich tief in der Brust fühlte und mit einem dumpfen Ach! zusammenfuhr. –
Der Mann blickte ihn an und lächelte und winkte noch freundlicher als zuvor. Sowie das zauberische Fuhrwerk im dichten Gebüsch verschwand, noch im sanften Nachhallen der Harmonika-Töne, fiel Balthasar ganz außer sich vor Wonne und Entzücken dem Freunde um den Hals und rief: »Referendarius! wir sind gerettet! – jener ist's, der Zinnobers verruchten Zauber bricht!« –
»Ich weiß nicht«, sprach Pulcher, »ich weiß nicht, wie mir in diesem Augenblick zu Mute, ob ich wache, ob ich träume; aber so viel ist gewiß, daß ein unbekanntes Wonnegefühl mich durchdringt und daß Trost und Hoffnung in meine Seele wiederkehrt.«

Fünftes Kapitel

Wie Fürst Barsanuph Leipziger Lerchen und Danziger Goldwasser frühstückte, einen Butterfleck auf die Kasimirhose bekam und den Geheimen Sekretär Zinnober zum Geheimen Spezialrat erhob. – Die Bilderbücher des Doktors Prosper Alpanus. – Wie ein Portier den Studenten Fabian in den Finger biß, dieser ein Schleppkleid trug und deshalb verhöhnt wurde. – Balthasars Flucht.

Es ist nicht länger zu verhehlen, daß der Minister der auswärtigen Angelegenheiten, bei dem Herr Zinnober als Geheimer Expedient angenommen, ein Abkömmling jenes Barons

53

Prätextatus von Mondschein war, der den Stammbaum der
Fee Rosabelverde in den Turnierbüchern und Chroniken vergebens suchte. Er hieß, wie sein Ahnherr, Prätextatus von
Mondschein, war von der feinsten Bildung, den angenehmsten Sitten, verwechselte niemals das Mich und Mir, das
Ihnen und Sie, schrieb seinen Namen mit französischen Lettern, sowie überhaupt eine leserliche Hand, und arbeitete
sogar zuweilen *selbst*, vorzüglich wenn das Wetter schlecht
war. Fürst Barsanuph, ein Nachfolger des großen Paphnutz,
liebte ihn zärtlich, denn er hatte auf jede Frage eine Antwort,
spielte in den Erholungsstunden mit dem Fürsten Kegel, verstand sich herrlich aufs Geld-Negoz, und suchte in der
Gavotte seinesgleichen.
Es begab sich, daß Baron Prätextatus von Mondschein den
Fürsten eingeladen hatte zum Frühstück auf Leipziger Lerchen und ein Gläschen Danziger Goldwasser. Als er nun hinkam in Mondscheins Haus, fand er im Vorsaal unter mehreren angenehmen diplomatischen Herren den kleinen Zinnober, der auf seinem Stock gestemmt ihn mit seinen Äugelein
anfunkelte und ohne sich weiter an ihn zu kehren eine gebratene Lerche ins Maul steckte, die er soeben vom Tische
gemaust. Sowie der Fürst den Kleinen erblickte, lächelte er
ihn gnädig an und sprach zum Minister: »Mondschein! was
haben Sie da für einen kleinen, hübschen, verständigen Mann
in Ihrem Hause? – Es ist gewiß derselbe, der die wohl stilisierten und schön geschriebenen Berichte verfertigt, die ich seit
einiger Zeit von Ihnen erhalte?« »Allerdings, gnädigster
Herr«, erwidrte Mondschein. »Mir hat das Geschick ihn
zugeführt als den geistreichsten, geschicktesten Arbeiter in
meinem Bureau. Er nennt sich Zinnober, und ich empfehle
den jungen herrlichen Mann ganz vorzüglich Ihrer Huld und
Gnade, mein bester Fürst! – Erst seit wenigen Tagen ist er bei
mir.« »Und eben deshalb«, sprach ein junger hübscher Mann,
der sich indessen genähert, »und eben deshalb hat, wie Ew.
Exzellenz zu bemerken erlauben werden, mein kleiner Kollege noch gar nichts expediert. Die Berichte, die das Glück
hatten, von Ihnen, mein durchlauchtigster Fürst, mit Wohl-

gefallen bemerkt zu werden, sind von mir verfaßt.« »Was
wollen Sie!« fuhr der Fürst ihn zornig an. – Zinnober hatte
sich dicht an den Fürsten geschoben und schmatzte, die Lerche verzehrend, vor Gier und Appetit. – Der junge Mensch
war es wirklich, der jene Berichte verfaßt, aber: »Was wollen
Sie«, rief der Fürst, »Sie haben ja noch gar nicht die Feder
angerührt? – Und daß Sie dicht bei mir gebratene Lerchen
verzehren, so daß, wie ich zu meinem großen Ärger bemerken muß, meine neue Kasimirhose bereits einen Butterfleck
bekommen, daß Sie dabei so unbillig schmatzen, ja! – alles das
beweiset hinlänglich ihre völlige Untauglichkeit zu jeder
diplomatischen Laufbahn! – Gehen Sie fein nach Hause und
lassen Sie sich nicht wieder vor mir sehen, es sei denn, Sie
brächten mir eine nützliche Fleckkugel für meine Kasimirhose – Vielleicht wird mir dann wieder gnädig zu Mute!«
Dann zum Zinnober: »Solche Jünglinge, wie Sie, werter
Zinnober, sind eine Zierde des Staats und verdienen ehrenvoll
ausgezeichnet zu werden! – Sie sind Geheimer Spezialrat,
mein Bester!« – »Danke schönstens«, schnarrte Zinnober,
indem er den letzten Bissen hinunterschluckte und sich das
Maul wischte mit beiden Händchen, »danke schönstens, ich
werd' das Ding schon machen wie es mir zukommt.«
»Wackres Selbstvertrauen«, sprach der Fürst mit erhobener
Stimme, »wackres Selbstvertrauen zeugt von der innern
Kraft, die dem würdigen Staatsmann inwohnen muß!« – Und
auf diesen Spruch nahm der Fürst ein Schnäpschen Goldwasser, welches der Minister selbst ihm darreichte und das ihm
sehr wohl bekam. – Der neue Rat mußte Platz nehmen zwischen dem Fürsten und Minister. Er verzehrte unglaublich
viel Lerchen und trank Malaga und Goldwasser durcheinander und schnarrte und brummte zwischen den Zähnen, und
handtierte, da er kaum mit der spitzen Nase über den Tisch
reichen konnte, gewaltig mit den Händchen und Beinchen.
Als das Frühstück beendigt, riefen beide, der Fürst und der
Minister: »Es ist ein englischer Mensch, dieser Geheime Spezialrat!« –
»Du siehst«, sprach Fabian, zu seinem Freunde Balthasar,

»du siehst so fröhlich aus, deine Blicke leuchten in besonderm Feuer. – Du fühlst dich glücklich? – Ach Balthasar, du träumst vielleicht einen schönen Traum, aber ich muß dich daraus erwecken, es ist Freundes Pflicht!« –

»Was hast du, was ist geschehen?« fragte Balthasar bestürzt.

»Ja«, fuhr Fabian fort, »ja! – ich muß es dir sagen! Fasse dich nur, mein Freund! – Bedenke, daß vielleicht kein Unfall in der Welt schmerzlicher trifft und doch leichter zu verwinden ist, als eben dieser! – Candida –«

»Um Gott«, schrie Balthasar entsetzt, »Candida! – was ist mit Candida? – ist sie hin – ist sie tot?«

»Ruhig«, sprach Fabian weiter, »ruhig mein Freund! – nicht tot ist Candida, aber so gut als tot für dich! – Wisse, daß der kleine Zinnober Geheimer Spezialrat geworden und so gut als versprochen ist mit der schönen Candida, die, Gott weiß wie, in ihn ganz vernarrt sein soll.«

Fabian glaubte, daß Balthasar nun losbrechen werde in ungestüme, verzweiflungsvolle Klagen und Verwünschungen. Statt dessen sprach er mit ruhigem Lächeln: »Ist es nichts weiter als das, so gibt es keinen Unfall, der mich betrüben könnte.«

»Du liebst Candida nicht mehr?« fragte Fabian voll Erstaunen.

»Ich liebe«, erwiderte Balthasar, »ich liebe das Himmelskind, das herrliche Mädchen mit aller Inbrunst, mit aller Schwärmerei, die nur in eines Jünglings Brust sich entzünden kann! Und ich weiß – ach ich weiß es, daß Candida mich wieder liebt, daß nur ein verruchter Zauber sie umstrickt hält, aber bald löse ich die Bande dieses Hexenwesens, bald vernichte ich den Unhold, der die Arme betört.« –

Balthasar erzählte nun dem Freunde ausführlich von dem wunderbaren Mann, dem er in dem seltsamsten Fuhrwerk im Walde begegnet. Er schloß damit, daß, sowie aus dem Stockknopf des zauberischen Wesens ein Strahl in seine Brust gefunkelt, der feste Gedanke in ihm aufgegangen, daß Zinnober nichts sei als ein Hexenmännlein, dessen Macht jener Mann vernichten werde.

56

»Aber«, rief Fabian, als der Freund geendet, »aber Balthasar, wie kannst du nur auf solches tolles wunderliches Zeug verfallen? – Der Mann, den du für einen Zauberer hältst, ist niemand anders, als der Doktor Prosper Alpanus, der unfern der Stadt auf seinem Landhause wohnt. Wahr ist es, daß die wunderlichsten Gerüchte von ihm verbreitet werden, so daß man ihn beinahe für einen zweiten Cagliostro halten möchte; aber daran ist er selbst schuld. Er liebt es, sich in mystisches Dunkel zu hüllen, den Schein eines mit den tiefsten Geheimnissen der Natur vertrauten Mannes anzunehmen, der unbekannten Kräften gebietet, und dabei hat er die bizarrsten Einfälle. So ist zum Beispiel sein Fuhrwerk so seltsam beschaffen, daß ein Mensch, der von lebhafter feuriger Phantasie ist, wie du mein Freund, wohl dahin gebracht werden kann, alles für eine Erscheinung aus irgend einem tollen Märchen zu halten. Höre also! – Sein Kabriolett hat die Form einer Muschel und ist über und über versilbert, zwischen den Rädern ist eine Drehorgel angebracht, welche, sowie der Wagen fährt, von selbst spielt. Das, was du für einen Silberfasan hieltest, war gewiß sein kleiner weißgekleideter Jockey, so wie du gewiß die Blätter des ausgespreiteten Sonnenschirms für die Flügeldecken eines Goldkäfers hieltest. Seinen beiden weißen Pferdchen läßt er große Hörner anschrauben, damit es nur recht fabelhaft aussehn soll. Übrigens ist es richtig, daß der Doktor Alpanus ein schönes spanisches Rohr trägt mit einem herrlich funkelnden Kristall, der oben darauf sitzt als Knopf und von dessen wunderlicher Wirkung man viel Fabelhaftes erzählt oder vielmehr lügt. Den Strahl dieses Kristalls soll nämlich kaum ein Auge ertragen. Verhüllt ihn der Doktor mit einem dünnen Schleier und richtet man nun den festen Blick darauf, so soll das Bild der Person, das man in dem innersten Gedanken trägt, außerhalb wie in einem Hohlspiegel erscheinen.«

»In der Tat«, fiel Balthasar dem Freunde ins Wort, »in der Tat? Erzählt man das? – Was spricht man denn wohl noch weiter von dem Herrn Doktor Prosper Alpanus?«

»Ach«, erwiderte Fabian, »verlange doch nur nicht, daß ich

57

von den tollen Fratzen und Possen viel reden soll. Du weißt ja, daß es noch bis jetzt abenteuerliche Leute gibt, die der gesunden Vernunft entgegen an alle sogenannte Wunder alberner Ammenmärchen glauben.«

»Ich will dir gestehen«, fuhr Balthasar fort, »daß ich genötigt bin, mich selbst zu der Partie dieser abenteuerlichen Leute ohne gesunde Vernunft zu schlagen. Versilbertes Holz ist kein glänzendes durchsichtiges Kristall, eine Drehorgel tönt nicht wie eine Harmonika, ein Silberfasan ist kein Jockey und ein Sonnenschirm kein Goldkäfer. Entweder war der wunderbare Mann, dem ich begegnete, nicht der Doktor Prosper Alpanus, von dem du sprichst, oder der Doktor herrscht wirklich über die außerordentlichsten Geheimnisse.«

»Um«, sprach Fabian, »um dich ganz von deinen seltsamen Träumereien zu heilen, ist es am besten, daß ich dich geradezu hinführe zu dem Doktor Prosper Alpanus. Dann wirst du es selbst verspüren, daß der Herr Doktor ein ganz gewöhnlicher Arzt ist, und keinesweges spazieren fährt mit Einhörnern, Silberfasanen und Goldkäfern.«

»Du sprichst«, erwiderte Balthasar, indem ihm die Augen hell auffunkelten, »du sprichst, mein Freund, den innigsten Wunsch meiner Seele aus. – Wir wollen uns nur gleich auf den Weg machen.«

Bald standen sie vor dem verschlossenen Gattertor des Parks, in dessen Mitte das Landhaus des Doktor Alpanus lag. »Wie kommen wir nur hinein«, sprach Fabian. »Ich denke, wir klopfen«, erwiderte Balthasar und faßte den metallenen Klöpfel, der dicht beim Schlosse angebracht war.

Sowie er den Klöpfel aufhob, begann ein unterirdisches Murmeln wie ein ferner Donner und schien zu verhallen in der tiefsten Tiefe. Das Gattertor drehte sich langsam auf, sie traten ein, und wanderten fort durch einen langen, breiten Baumgang, durch den sie das Landhaus erblickten. »Spürst du«, sprach Fabian, »hier etwas Außerordentliches, Zauberisches?« »Ich dächte«, erwiderte Balthasar, »die Art, wie sich das Gattertor öffnete, wäre doch nicht so ganz gewöhnlich gewesen, und denn weiß ich nicht, wie mich hier alles so

58

wunderbar, so magisch anspricht. – Gibt es denn wohl auf
weit und breit solche herrliche Bäume, als eben hier in diesem
Park? – Ja mancher Baum, manches Gebüsch scheint ja mit
seinen glänzenden Stämmen und smaragdenen Blättern einem
5 fremden unbekannten Lande anzugehören.« –
Fabian bemerkte zwei Frösche von ungewöhnlicher Größe,
die schon von dem Gattertor an zu beiden Seiten der Wan-
delnden mitgehüpft waren. »Schöner Park« rief Fabian, »in
dem es solch Ungeziefer gibt!« und bückte sich nieder, um
10 einen kleinen Stein aufzuheben, mit dem er nach den lustigen
Fröschen zu werfen gedachte. Beide sprangen ins Gebüsch
und kuckten ihn mit glänzenden menschlichen Augen an.
»Wartet, wartet!« rief Fabian, zielte nach dem einen und
warf. In dem Augenblick quäkte aber ein kleines häßliches
15 Weib, das am Wege saß: »Grobian! schmeiß' Er nicht ehrliche Leute, die hier im Garten mit saurer Arbeit ihr bißchen
Brot verdienen müssen.« – »Komm nur, komm«, murmelte
Balthasar entsetzt, denn er merkte wohl, daß der Frosch sich
gestaltet zum alten Weibe. Ein Blick ins Gebüsch überzeugte
20 ihn, daß der andere Frosch, jetzt ein kleines Männlein geworden, sich mit Ausjäten des Unkrauts beschäftigte. –
Vor dem Landhause befand sich ein großer schöner Rasenplatz, auf dem die beiden Einhörner weideten, während die
herrlichsten Akkorde in den Lüften erklangen.
25 »Siehst du wohl, hörst du wohl?« sprach Balthasar.
»Ich sehe nichts weiter«, erwiderte Fabian, »als zwei kleine
Schimmel, die Gras fressen, und was so in den Lüften tönt,
sind wahrscheinlich aufgehängte Äolsharfen.«
Die herrliche einfache Architektur des mäßig großen, ein-
30 stöckigen Landhauses entzückte den Balthasar. Er zog an der
Klingelschnur, sogleich ging die Türe auf, und ein großer
straußartiger, ganz goldgelb gleißender Vogel stand als Portier vor den Freunden.
»Nun seh'«, sprach Fabian zu Balthasar, »nun seh' einmal
35 einer die tolle Livree! – Will man auch nachher dem Kerl ein
Trinkgeld geben, hat er wohl eine Hand, es in die Westenta-
sche zu schieben?«

59

Und damit wandte er sich zu dem Strauß, packte ihn bei den glänzenden Pflaumfedern, die unter dem Schnabel an der Kehle wie ein reiches Jabot sich aufplusterten, und sprach: »Meld' Er uns bei dem Herrn Doktor, mein scharmanter Freund!« – Der Strauß sagte aber nichts als: »Qui r r r r« – und biß den Fabian in den Finger. »Tausend Sapperment«, schrie Fabian, »der Kerl ist doch wohl am Ende ein verfluchter Vogel!«

In demselben Augenblick ging eine innere Türe auf, und der Doktor selbst trat den Freunden entgegen. – Ein kleiner dünner blasser Mann! – Er trug ein kleines samtnes Mützchen auf dem Haupte, unter dem schönes Haar in langen Locken hervorströmte, ein langes erdgelbes indisches Gewand und kleine rote Schnürstiefelchen, ob mit buntem Pelz oder dem glänzenden Federbalg eines Vogels besetzt, war nicht zu unterscheiden. Auf seinem Antlitz lag die Ruhe, die Gutmütigkeit selbst, nur schien es seltsam, daß, wenn man ihn recht nahe, recht scharf anblickte, es war, als schaue aus dem Gesicht noch ein kleineres Gesichtchen wie aus einem gläsernen Gehäuse heraus.

»Ich erblickte«, sprach nun leise und etwas gedehnt mit anmutigem Lächeln Prosper Alpanus, »ich erblickte Sie, meine Herren! aus dem Fenster, ich wußte auch wohl schon früher, wenigstens was Sie betrifft, lieber Herr Balthasar, daß Sie zu mir kommen würden. – Folgen Sie mir gefälligst!« – Prosper Alpanus führte sie in ein hohes rundes Zimmer, ringsumher mit himmelblauen Gardinen behängt. Das Licht fiel durch ein oben in der Kuppel angebrachtes Fenster herab und warf seine Strahlen auf den glänzend polierten von einer Sphinx getragenen Marmortisch, der mitten im Zimmer stand. Sonst war durchaus nichts Außerordentliches in dem Gemach zu bemerken.

»Worin kann ich Ihnen dienen?« fragte Prosper Alpanus.
Da faßte sich Balthasar zusammen, erzählte, was sich mit dem kleinen Zinnober begeben von seinem ersten Erscheinen in Kerepes an, und schloß mit der Versicherung, wie in ihm der feste Gedanke aufgegangen, daß er, Prosper Alpanus, der

wohltätige Magus sei, der Zinnobers verworfenem, abscheulichem Zauberwerk Einhalt tun werde.

Prosper Alpanus blieb schweigend in tiefen Gedanken stehen. Endlich, nachdem wohl ein paar Minuten vergangen, begann er mit ernster Miene und tiefem Ton: »Nach allem, was Sie mir erzählt, Balthasar! unterliegt es gar keinem Zweifel, daß es mit dem kleinen Zinnober eine besondere geheimnisvolle Bewandtnis hat. – Aber man muß fürs erste den Feind kennen, den man bekämpfen, die Ursache wissen, deren Wirkung man zerstören will. – Es steht zu vermuten, daß der kleine Zinnober nichts anders ist, als ein Wurzelmännlein. Wir wollen doch gleich nachsehen.«

Damit zog Prosper Alpanus an einer von den seidenen Schnüren, die rundumher an der Decke des Zimmers herabhingen. Eine Gardine rauschte auseinander, große Folianten in ganz vergoldeten Einbänden wurden sichtbar und eine zierliche luftig leichte Treppe von Zedernholz rollte hinab. Prosper Alpanus stieg diese Treppe heran und holte aus der obersten Reihe einen Folianten, den er auf den Marmortisch legte, nachdem er ihn mit einem großen Büschel blinkender Pfauenfedern sorgfältig abgestäubt. »Dies Werk«, sprach er dann, »handelt von den Wurzelmännern, die sämtlich darin abgebildet; vielleicht finden Sie Ihren feindlichen Zinnober darunter, und dann ist er in unsere Hände geliefert.«

Als Prosper Alpanus das Buch aufschlug, erblickten die Freunde eine Menge sauber illuminierter Kupfertafeln, die die allerverwunderlichsten mißgestaltesten Männlein mit den tollsten Fratzengesichtern darstellten, die man nur sehen konnte. Aber sowie Prosper eins dieser Männlein auf dem Blatt berührte, wurd' es lebendig, sprang heraus und gaukelte und hüpfte auf dem Marmortisch gar possierlich umher, und schnippte mit den Fingerchen und machte mit den krummen Beinchen die allerschönsten Pirouetten und Entrechats, und sang dazu Quirr, Quapp, Pirr, Papp, bis es Prosper bei dem Kopfe ergriff und wieder ins Buch legte, wo es sich alsbald ausglättete und ausplättete zum bunten Bilde.

61

Auf dieselbe Weise wurden alle Bilder des Buchs durchgesehen, aber so oft schon Balthasar rufen wollte: »Dies ist er,
dies ist Zinnober!« so mußte er doch, genauer hinblickend,
zu seinem Leidwesen wahrnehmen, daß das Männlein keinesweges Zinnober war.

»Das ist doch wunderlich genug«, sprach Prosper Alpanus,
als das Buch zu Ende. – »Doch«, fuhr er fort, »mag Zinnober
vielleicht gar ein Erdgeist sein. Sehen wir nach.«

Damit hüpfte er mit seltener Behendigkeit abermals die
Zederntreppe herauf, holte einen andern Folianten, stäubte
ihn säuberlich ab, legte ihn auf den Marmortisch und schlug
ihn auf, sprechend: »Dies Werk handelt von den Erdgeistern,
vielleicht haschen wir den Zinnober in diesem Buche.« Die
Freunde erblickten wiederum eine Menge sauber illuminierter Kupfertafeln, die abscheulich häßliche braungelbe Un-
holde darstellten. Und wie sie Prosper Alpanus berührte, erhoben sie weinerlich quäkende Klagen, und krochen endlich
schwerfällig heraus und wälzten sich knurrend und ächzend
auf dem Marmortische herum, bis der Doktor sie wieder hin-
eindrückte ins Buch.

Auch unter diesen hatte Balthasar den Zinnober nicht gefunden.

»Wunderlich, höchst wunderlich«, sprach der Doktor, und
versank in stummes Nachdenken.

»Der Käferkönig«, fuhr er dann fort, »der Käferkönig kann
es nicht sein, denn der ist, wie ich gewiß weiß, eben jetzt
anderswo beschäftigt; Spinnenmarschall auch nicht, denn
Spinnenmarschall ist zwar häßlich, aber verständig und
geschickt, lebt auch von seiner Hände Arbeit, ohne sich and-
rer Taten anzumaßen. – Wunderlich – sehr wunderlich –«

Er schwieg wieder einige Minuten, so daß man allerlei wunderbare Stimmen, die bald in einzelnen Lauten, bald in vollen
anschwellenden Akkorden ringsumher ertönten, deutlich
vernahm. »Sie haben überall und immerfort recht artige
Musik, lieber Herr Doktor«, sprach Fabian. Prosper Alpanus
schien gar nicht auf Fabian zu achten, er faßte nur den Balthasar ins Auge, indem er erst beide Arme nach ihm ausstreckte

und dann die Fingerspitzen gegen ihn hin bewegte, als besprenge er ihn mit unsichtbaren Tropfen.

Endlich faßte der Doktor Balthasars beide Hände und sprach mit freundlichem Ernst: »Nur die reinste Konsonanz des psychischen Prinzips im Gesetz des Dualismus begünstigt die Operation, die ich jetzt unternehmen werde. Folgen Sie mir!« –

Die Freunde folgten dem Doktor durch mehrere Zimmer, die außer einigen seltsamen Tieren, die sich mit Lesen – Schreiben – Malen – Tanzen beschäftigten, eben nichts Merkwürdiges enthielten, bis sich zwei Flügeltüren öffneten, und die Freunde vor einen dichten Vorhang traten, hinter den Prosper Alpanus verschwand, und sie in dicker Finsternis ließ. Der Vorhang rauschte auseinander, und die Freunde befanden sich in einem, wie es schien, eirunden Saal, in dem ein magisches Helldunkel verbreitet. Es war, betrachtete man die Wände, als verlöre sich der Blick in unabsehbare grüne Haine und Blumenauen mit plätschernden Quellen und Bächen. Der geheimnisvolle Duft eines unbekannten Aroma wallte auf und nieder und schien die süßen Töne der Harmonika hin und her zu tragen. Prosper Alpanus erschien ganz weiß gekleidet wie ein Brahmin und stellte in die Mitte des Saals einen großen runden Kristallspiegel, über den er einen Flor warf.

»Treten Sie«, sprach er dumpf und feierlich, »treten Sie vor diesen Spiegel, Balthasar, richten Sie Ihre festen Gedanken auf Candida – *wollen* Sie mit ganzer Seele, daß sie sich Ihnen zeige in dem Moment, der jetzt existiert in Raum und Zeit –«

Balthasar tat wie ihm geheißen, indem Prosper Alpanus sich hinter ihn stellte und mit beiden Händen Kreise um ihn beschrieb.

Wenige Sekunden hatte es gedauert, als ein bläulicher Duft aus dem Spiegel wallte. Candida, die holde Candida erschien in ihrer lieblichen Gestalt mit aller Fülle des Lebens! Aber neben ihr, dicht neben ihr saß der abscheuliche Zinnober und drückte ihr die Hände, küßte sie – Und Candida hielt den

Unhold mit einem Arm umschlungen und liebkoste ihn! –
Balthasar wollte laut aufschreien, aber Prosper Alpanus faßte
ihn bei beiden Schultern hart an, und der Schrei erstickte in
der Brust. »Ruhig«, sprach Prosper leise, »ruhig Balthasar! –
Nehmen Sie dies Rohr und führen Sie Streiche gegen den
Kleinen, doch ohne sich von der Stelle zu rühren.« Balthasar
tat es, und gewahrte zu seiner Lust, wie der Kleine sich
krümmte, umstülpte, sich auf der Erde wälzte! – In der Wut
sprang er vorwärts, da zerrann das Bild in Dunst und Nebel,
und Prosper Alpanus riß den tollen Balthasar mit Gewalt
zurück, laut rufend: »Halten Sie ein! – zerschlagen Sie den
magischen Spiegel, so sind wir alle verloren! – Wir wollen in
das Helle zurück.« – Die Freunde verließen auf des Doktors
Geheiß den Saal und traten in ein anstoßendes helles
Zimmer.
»Dem Himmel«, rief Fabian tief Atem schöpfend, »dem
Himmel sei gedankt, daß wir aus dem verwünschten Saal
heraus sind. Die schwüle Luft hat mir beinahe das Herz abge-
drückt, und dann die albernen Taschenspielereien dazu, die
mir in tiefer Seele zuwider sind.« –
Balthasar wollte antworten, als Prosper Alpanus eintrat.
»Es ist«, sprach er, »es ist nunmehr gewiß, daß der mißgestaltete Zinnober weder ein Wurzelmann noch ein Erdgeist ist,
sondern ein gewöhnlicher Mensch. Aber es ist eine geheime
zauberische Macht im Spiele, die zu erkennen mir bis jetzt
noch nicht gelungen, und eben deshalb kann ich auch noch
nicht helfen – Besuchen Sie mich bald wieder, Balthasar, wir
wollen dann sehen, was weiter zu beginnen. Auf Wieder-
sehn!« –
»Also«, sprach Fabian dicht an den Doktor hinantretend,
»also ein Zauberer sind Sie, Herr Doktor, und können mit all
Ihrer Zauberkunst nicht einmal dem kleinen erbärmlichen
Zinnober zu Leibe? – Wissen Sie wohl, daß ich Sie mitsamt
Ihren bunten Bildern, Püppchen, magischen Spiegeln, mit all
Ihrem fratzenhaften Kram für einen rechten ausgemachten
Scharlatan halte? – Der Balthasar, der ist verliebt und macht
Verse, dem können Sie allerlei Zeug einreden, aber bei mir

kommen Sie schlecht an! – Ich bin ein aufgeklärter Mensch und statuiere durchaus keine Wunder!«

»Halten Sie«, erwiderte Prosper Alpanus, indem er stärker und herzlicher lachte, als man es ihm nach seinem ganzen Wesen wohl zutrauen konnte, »halten Sie das wie Sie wollen. Aber – bin ich gleich nicht eben ein Zauberer, so gebiete ich doch über hübsche Kunststückchen –«

»Aus Wieglebs Magie wohl oder sonst!« – rief Fabian. »Nun da finden Sie an unserm Professor Mosch Terpin Ihren Meister und dürfen sich mit ihm nicht vergleichen, denn der ehrliche Mann zeigt uns immer, daß alles natürlich zugeht und umgibt sich gar nicht mit solcher geheimnisvoller Wirtschaft, als Sie, mein Herr Doktor. – Nun, ich empfehle mich Ihnen gehorsamst!«

»Ei«, sprach der Doktor, »Sie werden doch nicht so im Zorn von mir scheiden?«

Und damit strich er dem Fabian an beiden Armen einige Mal leise herab von der Schulter bis zum Handgelenk, daß diesem ganz besonders zu Mute wurde und er beklommen rief: »Was machen Sie denn, Herr Doktor!« – »Gehen Sie meine Herrn«, sprach der Doktor, »Sie Herr Balthasar hoffe ich recht bald wieder zu sehen. – Bald wird die Hülfe gefunden sein!«

»Er bekommt *doch* kein Trinkgeld, mein Freund«, rief Fabian im Herausgehen dem goldgelben Portier zu, und faßte ihm nach dem Jabot. Der Portier sagte aber wieder nichts als: »Quirrr«, und biß abermals den Fabian in den Finger.

»Bestie!« rief Fabian, und rannte von dannen.

Die beiden Frösche ermangelten nicht, die beiden Freunde höflich zu geleiten bis ans Gattertor, das sich mit einem dumpfen Donner öffnete und schloß. – »Ich weiß«, sprach Balthasar, als er auf der Landstraße hinter dem Fabian herwandelte, »ich weiß gar nicht Bruder, was du heute für einen seltsamen Rock angezogen hast mit solch entsetzlich langen Schößen und solch kurzen Ärmeln.«

Fabian gewahrte zu seinem Erstaunen, daß sein kurzes Röckchen hinterwärts bis zur Erde herabgewachsen, daß dagegen die sonst über die G'nüge langen Ärmel hinaufgeschrumpft waren bis an den Ellbogen.

»Tausend Donner, was ist das!« rief er, und zog und zupfte an den Ärmeln und rückte die Schultern. Das schien auch zu helfen, aber wie sie nun durchs Stadttor gingen, so schrumpften die Ärmel herauf, so wuchsen die Rockschöße, daß alles Ziehens und Zupfens und Rückens ungeachtet die Ärmel bald hoch oben an der Schulter saßen, Fabians nackte Arme preisgebend, daß bald sich ihm eine Schleppe nachwälzte, länger und länger sich dehnend. Alle Leute standen still und lachten aus vollem Halse, die Straßenbuben rannten dutzendweise jubelnd und jauchzend über den langen Talar und rissen Fabian um, und wie er sich wieder aufraffte, fehlte kein Stückchen von der Schleppe, nein! – sie war noch länger geworden. Und immer toller und toller wurde Gelächter, Jubel und Geschrei, bis sich endlich Fabian halb wahnsinnig in ein offnes Haus stürzte. – Sogleich war auch die Schleppe verschwunden.

Balthasar hatte gar nicht Zeit, sich über Fabians seltsame Verzauberung viel zu verwundern; denn der Referendarius Pulcher faßte ihn, riß ihn fort in eine abgelegene Straße und sprach: »Wie ist es möglich, daß du nicht schon fort bist, daß du dich hier noch sehen lassen kannst, da der Pedell mit dem Verhaftsbefehl dich schon verfolgt.« – »Was ist das, wovon sprichst du?« fragte Balthasar voll Erstaunen. »So weit«, fuhr der Referendarius fort, »so weit riß dich der Wahnsinn der Eifersucht hin, daß du das Hausrecht verletztest, feindlich einbrechend in Mosch Terpins Haus, daß du den Zinnober überfielst bei seiner Braut, daß du den mißgestalteten Däumling halbtot prügeltest!« – »Ich bitte dich«, schrie Balthasar, »den ganzen Tag war ich ja nicht in Kerepes, schändliche Lügen.« – »O still still«, fiel ihm Pulcher ins Wort, »Fabians toller unsinniger Einfall, ein Schleppkleid anzuziehen, rettet dich. Niemand achtet jetzt deiner! – Entziehe dich nur der schimpflichen Verhaftung, das übrige wollen wir denn schon ausfechten. Du darfst nicht mehr in deine Wohnung! – Gib

66

mir die Schlüssel, ich schicke dir alles nach. – Fort nach
Hoch-Jakobsheim!«
Und damit riß der Referendarius den Balthasar fort durch
entlegene Gassen, durchs Tor hin nach dem Dorfe Hoch-
Jakobsheim, wo der berühmte Gelehrte Ptolomäus Philadelphus sein merkwürdiges Buch über die unbekannte Völkerschaft der Studenten schrieb.

Sechstes Kapitel

Wie der Geheime Spezialrat Zinnober in seinem Garten frisiert wurde und im
Grase ein Taubad nahm. – Der Orden des grüngefleckten Tigers. – Glücklicher
Einfall eines Theaterschneiders. – Wie das Fräulein von Rosenschön sich mit
Kaffee begoß und Prosper Alpanus ihr seine Freundschaft versicherte.

Der Professor Mosch Terpin schwamm in lauter Wonne.
»Konnte«, sprach er zu sich selbst, »konnte mir denn etwas
Glücklicheres begegnen, als daß der vortreffliche Geheime
Spezialrat in mein Haus kam als Studiosus? – Er heiratet
meine Tochter – er wird mein Schwiegersohn, durch ihn
erlange ich die Gunst des vortrefflichen Fürsten Barsanuph
und steige nach auf der Leiter, die mein herrliches Zinnober-
chen hinaufklimmt. – Wahr ist es, daß es mir oft selbst unbe-
greiflich vorkommt, wie das Mädchen, die Candida, so ganz
und gar vernarrt sein kann in den Kleinen. Sonst sieht das
Frauenzimmer wohl mehr auf ein hübsches Äußere, als auf
besondere Geistesgaben, und schaue ich denn nun zuweilen
das Spezialmännlein an, so ist es mir, als ob er nicht ganz
hübsch zu nennen – sogar – *bossu* – still – St – St – die Wände
haben Ohren – Er ist des Fürsten Liebling, wird immer höher
steigen – höher hinauf, und ist mein Schwiegersohn!« –
Mosch Terpin hatte Recht, Candida äußerte die entschieden-
ste Neigung für den Kleinen, und sprach, gab hie und da
einer, den Zinnobers seltsamer Spuk nicht berückt hatte, zu
verstehen, daß der Geheime Spezialrat doch eigentlich ein

67

fatales mißgestaltetes Ding sei, sogleich von den wunderschönen Haaren, womit ihn die Natur begabt.

Niemand lächelte aber, wenn Candida also sprach, hämischer, als der Referendarius Pulcher.

Dieser stellte dem Zinnober nach auf Schritten und Tritten, und hierin stand ihm getreulich der Geheime Sekretär Adrian bei, eben derselbe junge Mensch, den Zinnobers Zauber beinahe aus dem Bureau des Ministers verdrängt hätte, und der des Fürsten Gunst nur durch die vortreffliche Fleckkugel wieder gewann, die er ihm überreichte.

Der Geheime Spezialrat Zinnober bewohnte ein schönes Haus mit einem noch schöneren Garten, in dessen Mitte sich ein mit dichtem Gebüsch umgebener Platz befand, auf dem die herrlichsten Rosen blühten. Man hatte bemerkt, daß allemal den neunten Tag Zinnober bei Tages Anbruch leise aufstand, sich, so sauer es ihm werden mochte, ohne alle Hülfe des Bedienten ankleidete, in den Garten hinabstieg und in den Gebüschen verschwand, die jenen Platz umgaben.

Pulcher und Adrian, irgend ein Geheimnis ahnend, wagten es in einer Nacht, als Zinnober, wie sie von seinem Kammerdiener erfahren, vor neun Tagen jenen Platz besucht hatte, die Gartenmauer zu übersteigen und sich in den Gebüschen zu verbergen.

Kaum war der Morgen angebrochen, als sie den Kleinen daherwandeln sahen, schnupfend und prustend, weil ihm, da er mitten durch ein Blumenbeet ging, die tauigten Halme und Stauden um die Nase schlugen.

Als er auf dem Rasenplatz bei den Rosen angekommen, ging ein süßtönendes Wehen durch die Büsche und durchdringender wurde der Rosenduft. Eine schöne verschleierte Frau mit Flügeln an den Schultern schwebte herab, setzte sich auf den zierlichen Stuhl, der mitten unter den Rosenbüschen stand, nahm mit den leisen Worten: »Komm mein liebes Kind«, den kleinen Zinnober und kämmte ihm mit einem goldenen Kamm sein langes Haar, das den Rücken hinabwallte. Das schien dem Kleinen sehr wohl zu tun, denn er blinzelte mit den Äugelein und streckte die Beinchen lang aus, und knurrte

und murrte beinahe wie ein Kater. Das hatte wohl fünf Minuten gedauert, da strich noch einmal die zauberische Frau mit einem Finger dem Kleinen die Scheitel entlang, und Pulcher und Adrian gewahrten einen schmalen feuerfarbglänzenden
5 Streif auf dem Haupte Zinnobers. Nun sprach die Frau: »Lebe wohl, mein süßes Kind! – Sei klug, sei klug, so wie du kannst!« Der Kleine sprach: »Adieu Mütterchen, klug bin ich genug, du brauchst mir das gar nicht so oft zu wiederholen.« –

10 Die Frau erhob sich langsam und verschwand in den Lüften. –
Pulcher und Adrian waren starr vor Erstaunen. Als nun aber Zinnober davonschreiten wollte, sprang der Referendarius hervor und rief laut: »Guten Morgen, Herr Geheimer Spe-
15 zialrat! ei, wie schön haben Sie sich frisieren lassen!« Zinnober schaute sich um, und wollte, als er den Referendarius erblickte, schnell davonrennen. Ungeschickt und schwächlich auf den Beinchen, wie er nun aber war, stolperte er und fiel in das hohe Gras, das die Halme über ihn zusammen-
20 schlug, und er lag im Taubade. Pulcher sprang hinzu und half ihm auf die Beine, aber Zinnober schnarrte ihn an: »Herr, wie kommen Sie hier in meinen Garten! scheren Sie sich zum Teufel!« Und damit hüpfte und rannte er, so rasch er nur vermochte, hinein ins Haus.
25 Pulcher schrieb dem Balthasar diese wunderbare Begebenheit und versprach seine Aufmerksamkeit auf das kleine zauberische Ungetüm zu verdoppeln. Zinnober schien über das, was ihm widerfahren, trostlos. Er ließ sich zu Bette bringen und stöhnte und ächzte so, daß die Kunde, wie er plötzlich
30 erkrankt, bald zum Minister Mondschein, zum Fürsten Barsanuph gelangte.
Fürst Barsanuph schickte sogleich seinen Leibarzt zu dem kleinen Liebling.
»Mein vortrefflichster Geheimer Spezialrat«, sprach der
35 Leibarzt, als er den Puls befühlt, »Sie opfern sich auf für den Staat. Angestrengte Arbeit hat Sie aufs Krankenbett geworfen, anhaltendes Denken Ihnen das unsägliche Leiden verur-

69

sacht, das Sie empfinden müssen. Sie sehen im Antlitz sehr blaß und eingefallen aus, aber Ihr wertes Haupt glüht schrecklich! – Ei ei! – doch keine Gehirnentzündung? Sollte das Wohl des Staats dergleichen hervorgebracht haben? Kaum möglich – Erlauben Sie doch!« –

Der Leibarzt mochte wohl denselben roten Streif auf Zinnobers Haupte gewahren, den Pulcher und Adrian entdeckt hatten. Er wollte, nachdem er einige magnetische Striche aus der Ferne versucht, den Kranken auch verschiedentlich angehaucht, worüber dieser merklich mauzte und quinkelierte, nun mit der Hand hinfahren über das Haupt, und berührte dasselbe unversehens. Da sprang Zinnober schäumend vor Wut in die Höhe und gab mit seinem kleinen Knochenhändchen dem Leibarzt, der sich gerade ganz über ihn hingebeugt, eine solche derbe Ohrfeige, daß es im ganzen Zimmer widerhallte.

»Was wollen Sie«, schrie Zinnober, »was wollen Sie von mir, was krabbeln Sie mir herum auf meinem Kopfe! Ich bin gar nicht krank, ich bin gesund, ganz gesund, werde gleich aufstehen und zum Minister fahren in die Konferenz; scheren Sie sich fort!« –

Der Leibarzt eilte ganz erschrocken von dannen. Als er aber dem Fürsten Barsanuph erzählte, wie es ihm ergangen, rief dieser entzückt aus: »Was für ein Eifer für den Dienst des Staats! – welche Würde, welche Hoheit im Betragen! – welch ein Mensch, dieser Zinnober!« –

»Mein bester Geheimer Spezialrat«, sprach der Minister Prätextatus von Mondschein zu dem kleinen Zinnober, »wie herrlich ist es, daß Sie Ihrer Krankheit nicht achtend in die Konferenz kommen. Ich habe in der wichtigen Angelegenheit mit dem Kakatukker Hofe ein Memoire entworfen – *selbst* entworfen, und bitte, daß *Sie* es dem Fürsten vortragen, denn Ihr geistreicher Vortrag hebt das Ganze, für dessen Verfasser mich dann der Fürst anerkennen soll.« – Das Memoire, womit Prätextatus glänzen wollte, hatte aber niemand anders verfaßt, als Adrian.

Der Minister begab sich mit dem Kleinen zum Fürsten. – Zinnober zog das Memoire, das ihm der Minister gegeben, aus der Tasche, und fing an zu lesen. Da es damit aber nun gar nicht recht gehen wollte und er nur lauter unverständliches Zeug murrte und schnurrte, nahm ihm der Minister das Papier aus den Händen und las selbst.

Der Fürst schien ganz entzückt, er gab seinen Beifall zu erkennen, einmal über das andere rufend: »Schön – gut gesagt – herrlich – treffend!« –

Sowie der Minister geendet, schritt der Fürst geradezu los auf den kleinen Zinnober, hob ihn in die Höhe, drückte ihn an seine Brust, gerade dahin, wo ihm (dem Fürsten) der große Stern des grüngefleckten Tigers saß, und stammelte und schluchzte, während ihm häufige Tränen aus den Augen flossen: »Nein! – solch ein Mann – solch ein Talent! – solcher Eifer – solche Liebe – es ist zu viel – zu viel!« – Dann gefaßter: »Zinnober! – ich erhebe Sie hiermit zu meinem Minister! – Bleiben Sie dem Vaterlande hold und treu, bleiben Sie ein wackrer Diener der Barsanuphe, von denen Sie geehrt – geliebt werden.« Und nun sich mit verdrüßlichem Blick zum Minister wendend: »Ich bemerke, lieber Baron von Mondschein, daß seit einiger Zeit Ihre Kräfte nachlassen. Ruhe auf Ihren Gütern wird Ihnen heilbringend sein! – Leben Sie wohl!« –

Der Minister von Mondschein entfernte sich, unverständliche Worte zwischen den Zähnen murmelnd und funkelnde Blicke werfend auf Zinnober, der sich nach seiner Art sein Stöckchen in den Rücken gestemmt, auf den Fußspitzen hoch in die Höhe hob und stolz und keck umherblickte.

»Ich muß«, sprach nun der Fürst, »ich muß Sie, mein lieber Zinnober, gleich Ihrem hohen Verdienst gemäß auszeichnen; empfangen Sie daher aus meinen Händen den Orden des grüngefleckten Tigers!«

Der Fürst wollte ihm nun das Ordensband, das er sich in der Schnelligkeit von dem Kammerdiener reichen lassen, umhängen; aber Zinnobers mißgestalteter Körperbau bewirkte, daß das Band durchaus nicht normalmäßig sitzen wollte, indem es

sich bald ungebührlich heraufschrob, bald ebenso hinab-
schlotterte.

Der Fürst war in dieser so wie in jeder andern solchen Sache,
die das eigentlichste Wohl des Staats betraf, sehr genau. Zwischen dem Hüftknochen und dem Steißbein, in schräger
Richtung drei Sechszehnteil Zoll aufwärts vom letztern,
mußte das am Bande befindliche Ordenszeichen des grüngefleckten Tigers sitzen. Das war nicht herauszubringen. Der
Kammerdiener, drei Pagen, der Fürst legten Hand an, alles
Mühen blieb vergebens. Das verräterische Band rutschte hin
und her, und Zinnober begann unmutig zu quäken: »Was
handtieren Sie doch so schrecklich an meinem Leibe herum,
lassen Sie doch das dumme Ding hängen wie es will, Minister
bin ich doch nun einmal und bleib' es!« –
»Wofür«, sprach nun der Fürst zornig, »wofür habe ich denn
Ordensräte, wenn rücksichts der Bänder solche tolle Einrich-
tungen existieren, die ganz meinem Willen entgegen laufen? –
Geduld, mein lieber Minister Zinnober! bald soll das anders
werden!«

Auf Befehl des Fürsten mußte sich nun der Ordensrat versammeln, dem noch zwei Philosophen, sowie ein Naturforscher, der eben vom Nordpol kommend durchreiste, beige-
sellt wurden, die über die Frage, wie auf die geschickteste
Weise dem Minister Zinnober das Band des grüngefleckten
Tigers anzubringen, beratschlagen sollten. Um für diese
wichtige Beratung gehörige Kräfte zu sammeln, wurde sämtlichen Mitgliedern aufgegeben, acht Tage vorher nicht zu
denken, um dies besser ausführen zu können, und doch tätig
zu bleiben im Dienste des Staats, aber sich indessen mit dem
Rechnungswesen zu beschäftigen. Die Straßen vor dem
Palast, wo die Ordensräte, Philosophen und Naturforscher
ihre Sitzung halten sollten, wurden mit dickem Stroh belegt,
damit das Gerassel der Wagen die weisen Männer nicht störe,
und eben daher durfte auch nicht getrommelt, Musik
gemacht, ja nicht einmal laut gesprochen werden in der Nähe
des Palastes. Im Palast selbst tappte alles auf dicken Filzschu-
hen umher und man verständigte sich durch Zeichen.

*Wissenschaft, Genauigkeit
(Schlüsselszene)*

Sieben Tage hindurch vom frühsten Morgen bis in den späten Abend hatten die Sitzungen gedauert, und noch war an keinen Beschluß zu denken.

Der Fürst, ganz ungeduldig, schickte einmal über das andere hin und ließ ihnen sagen, es solle in des Teufels Namen ihnen doch endlich etwas Gescheutes einfallen. Das half aber ganz und gar nichts.

Der Naturforscher hatte so viel möglich Zinnobers Natur erforscht, Höhe und Breite seines Rücken-Auswuchses genommen und die genaueste Berechnung darüber dem Ordensrat eingereicht. Er war es auch, der endlich vorschlug, ob man nicht den Theaterschneider bei der Beratung zuziehen wolle.

So seltsam dieser Vorschlag erscheinen mochte, wurde er doch in der Angst und Not, in der sich alle befanden, einstimmig angenommen.

Der Theaterschneider Herr Kees war ein überaus gewandter, pfiffiger Mann. Sowie ihm der schwierige Fall vorgetragen worden, sowie er die Berechnungen des Naturforschers durchgesehen, war er mit dem herrlichsten Mittel, wie das Ordensband zum normalmäßigen Sitzen gebracht werden könne, bei der Hand.

An Brust und Rücken sollten nämlich eine gewisse Anzahl Knöpfe angebracht und das Ordensband daran geknöpft werden. Der Versuch gelang über die Maßen wohl.

Der Fürst war entzückt, und billigte den Vorschlag des Ordensrates, den Orden des grüngefleckten Tigers nunmehro in verschiedene Klassen zu teilen, nach der Anzahl der Knöpfe, womit er gegeben wurde. Z. B. Orden des grüngefleckten Tigers mit zwei Knöpfen – mit drei Knöpfen etc. Der Minister Zinnober erhielt als ganz besondere Auszeichnung, die sonst kein anderer verlangen könne, den Orden mit zwanzig brillantierten Knöpfen, denn gerade zwanzig Knöpfe erforderte die wunderliche Form seines Körpers.

Der Schneider Kees erhielt den Orden des grüngefleckten Tigers mit zwei goldnen Knöpfen, und wurde, da der Fürst ihn seines glücklichen Einfalls ungeachtet für einen schlech-

73

ten Schneider hielt und sich daher nicht von ihm kleiden lassen wollte, zum Wirklichen Geheimen Groß-Kostümierer des Fürsten ernannt. –

Aus dem Fenster seines Landhauses sah der Doktor Prosper Alpanus gedankenvoll herab in seinen Park. Er hatte die ganze Nacht hindurch sich damit beschäftigt, Balthasars Horoskop zu stellen und manches dabei herausgebracht, was sich auf den kleinen Zinnober bezog. Am wichtigsten war ihm aber das, was sich mit dem Kleinen im Garten begeben, als er von Adrian und Pulcher belauscht wurde. Eben wollte Prosper Alpanus seinen Einhörnern zurufen, daß sie die Muschel herbeiführen möchten, weil er fort wolle nach Hoch-Jakobsheim, als ein Wagen daherrasselte und vor dem Gattertor des Parks still hielt. Es hieß, das Stiftsfräulein von Rosenschön wünsche den Herrn Doktor zu sprechen. »Sehr willkommen«, sprach Prosper Alpanus, und die Dame trat hinein. Sie trug ein langes schwarzes Kleid und war in Schleier gehüllt wie eine Matrone. Prosper Alpanus, von einer seltsamen Ahnung ergriffen, nahm sein Rohr und ließ die funkelnden Strahlen des Knopfs auf die Dame fallen. Da war es, als zuckten rauschend Blitze um sie her, und sie stand da im weißen durchsichtigen Gewande, glänzende Libellenflügel an den Schultern, weiße und rote Rosen durch das Haar geflochten. – »Ei ei«, lispelte Prosper, nahm das Rohr unter seinen Schlafrock, und sogleich stand die Dame wieder im vorigen Kostüm da.

Prosper Alpanus lud sie freundlich ein, sich niederzulassen. Fräulein von Rosenschön sagte nun, wie es längst ihre Absicht gewesen, den Herrn Doktor in seinem Landhause aufzusuchen, um die Bekanntschaft eines Mannes zu machen, den die ganze Gegend als einen hochbegabten, wohltätigen Weisen rühme. Gewiß werde er ihre Bitte gewähren, sich des nahe gelegenen Fräuleinstifts ärztlich anzunehmen, da die alten Damen darin oft kränkelten und ohne Hülfe blieben. Prosper Alpanus erwiderte höflich, daß er zwar schon längst die Praxis aufgegeben, aber doch ausnahmsweise die Stiftsdamen besuchen wolle, wenn es Not täte, und fragte dann, ob sie selbst, das Fräulein von Rosenschön, vielleicht an irgend einem Übel leide? Das Fräulein versicherte, daß sie nur dann und wann ein rheumatisches Zucken in den Gliedern fühle, wenn sie sich in der Morgenluft erkältet, jetzt aber ganz gesund sei; und begann irgend ein gleichgültiges Gespräch. Prosper fragte, ob sie, da es noch früher Morgen, vielleicht eine Tasse Kaffee nehmen wolle; die Rosenschön meinte, daß Stiftsfräuleins dergleichen niemals verschmähten. Der Kaffee wurde gebracht, aber so sehr sich auch Prosper mühen mochte, einzuschenken, die Tassen blieben leer, ungeachtet der Kaffee aus der Kanne strömte. »Ei ei« – lächelte Prosper Alpanus, »das ist böser Kaffee! – Wollten Sie, mein bestes Fräulein, doch nur lieber selbst den Kaffee eingießen.«

»Mit Vergnügen«, erwiderte das Fräulein, und ergriff die Kanne. Aber ungeachtet kein Tropfen aus der Kanne quoll, wurde doch die Tasse voller und voller, und der Kaffee strömte über den Tisch, auf das Kleid des Stiftsfräuleins. – Sie setzte schnell die Kanne hin, sogleich war der Kaffee spurlos verschwunden. Beide, Prosper Alpanus und das Stiftsfräulein, schauten sich nun eine Weile schweigend an mit seltsamen Blicken.

»Sie waren«, begann nun die Dame, »Sie waren, mein Herr Doktor, gewiß mit einem sehr anziehenden Buche beschäftigt, als ich eintrat.«

»In der Tat«, erwiderte der Doktor, »enthält dieses Buch gar merkwürdige Dinge.«

Damit wollte er das kleine Buch in vergoldetem Einbande, das vor ihm auf dem Tische lag, aufschlagen. Doch das blieb ein ganz vergebliches Mühen, denn mit einem lauten Klipp Klapp schlug das Buch sich immer wieder zusammen. »Ei ei«, sprach Prosper Alpanus, »versuchen *Sie* sich doch mit dem eigensinnigen Dinge hier, mein wertes Fräulein!«

Er reichte der Dame das Buch hin, das, sowie sie es nur berührte, sich von selbst aufschlug. Aber alle Blätter lösten sich los und dehnten sich aus zum Riesenfolio und rauschten umher im Zimmer.

Erschrocken fuhr das Fräulein zurück. Nun schlug der Doktor das Buch zu mit Gewalt und alle Blätter verschwanden.

»Aber«, sprach nun Prosper Alpanus mit sanftem Lächeln, indem er sich von seinem Sitze erhob, »aber mein bestes gnädiges Fräulein, was verderben wir die Zeit mit solchen schnöden Tafelkünsten; denn anders als ordinäre Tafelkunststücke sind es doch nicht, die wir bis jetzt getrieben, schreiten wir doch lieber zu höheren Dingen.«

»Ich will fort!« rief das Fräulein, und erhob sich vom Sitze.

»Ei«, sprach Prosper Alpanus, »das möchte doch wohl nicht recht gut angehen ohne meinen Willen; denn meine Gnädige, ich muß es Ihnen nur sagen, Sie sind jetzt ganz und gar in meiner Gewalt.«

»In Ihrer Gewalt«, rief das Fräulein zornig, »in Ihrer Gewalt, Herr Doktor? – Törichte Einbildung!«

Und damit breitete sich ihr seidnes Kleid aus und sie schwebte als der schönste Trauermantel auf zur Decke des Zimmers. Doch sogleich sauste und brauste auch Prosper Alpanus ihr nach als tüchtiger Hirschkäfer. Ganz ermattet flatterte der Trauermantel herab und rannte als kleines Mäuschen auf dem Boden umher. Aber der Hirschkäfer sprang miauend und prustend ihm nach als grauer Kater. Das Mäuschen erhob sich wieder als glänzender Kolibri, da erhoben sich allerlei seltsame Stimmen rings um das Landhaus und allerlei wunderbare Insekten sumseten herbei, mit ihnen seltsames Waldgeflügel, und ein goldnes Netz spann sich um die Fenster. Da stand mit einem Mal die Fee Rosabelverde in aller Pracht und Hoheit strahlend im glänzenden weißen Gewande, den funkelnden Diamantgürtel umgetan, weiße und rote Rosen durch die dunkeln Locken geflochten, mitten im Zimmer. Vor ihr der Magus im goldgestickten Talar, eine glänzende Krone auf dem Haupt, das Rohr mit dem feuerstrahlenden Knopf in der Hand.

Rosabelverde schritt zu auf den Magus, da entfiel ihrem Haar ein goldner Kamm und zerbrach, als sei er von Glas, auf dem Marmorboden.

»Weh mir! – weh mir!« rief die Fee.

Plötzlich saß wieder das Stiftsfräulein von Rosenschön im

schwarzen langen Kleide am Kaffeetisch, und ihr gegenüber der Doktor Prosper Alpanus.

»Ich dächte«, sprach Prosper Alpanus sehr ruhig, indem er in die chinesischen Tassen den herrlichsten dampfenden Kaffee von Mokka ohne Hindernis einschenkte, »ich dächte, mein bestes gnädiges Fräulein, wir wüßten beide nun hinlänglich, wie wir miteinander daran sind. – Sehr leid tut es mir, daß Ihr schöner Haarkamm zerbrach auf meinem harten Fußboden.«

»Nur meine Ungeschicklichkeit«, erwiderte das Fräulein, mit Behagen den Kaffee einschlürfend, »ist schuld daran. Auf *diesen* Boden muß man sich hüten etwas fallen zu lassen, denn irr' ich nicht, so sind diese Steine mit den wunderbarsten Hieroglyphen beschrieben, welche manchem nur gewöhnliche Marmoradern bedünken möchten.«

»Abgenutzte Talismane, meine Gnädige«, sprach Prosper, »abgenutzte Talismane sind diese Steine, nichts weiter.«

»Aber bester Doktor«, rief das Fräulein, »wie ist es möglich, daß wir uns nicht kennen lernten seit der frühesten Zeit, daß wir nicht ein einziges Mal zusammentrafen auf unseren Wegen?«

»Diverse Erziehung, beste Dame«, erwiderte Prosper Alpanus, »diverse Erziehung ist lediglich daran schuld! Während Sie als das hoffnungsvollste Mädchen in Dschinnistan sich ganz Ihrer reichen Natur, Ihrem glücklichen Genie überlassen konnten, war ich, ein trübseliger Student, in den Pyramiden eingeschlossen und hörte Collegia bei dem Professor Zoroaster, einem alten Knasterbart, der aber verdammt viel wußte. Unter der Regierung des würdigen Fürsten Demetrius nahm ich meinen Wohnsitz in diesem kleinen anmutigen Ländchen.«

»Wie«, sprach das Fräulein, »und wurden nicht verwiesen, als Fürst Paphnutius die Aufklärung einführte?«

»Keinesweges«, antwortete Prosper, »es gelang mir vielmehr, mein eignes Ich ganz zu verhüllen, indem ich mich mühte, Aufklärungssachen betreffend, ganz besondere Kenntnisse zu beweisen in allerlei Schriften, die ich verbreitete. Ich bewies, daß ohne des Fürsten Willen es niemals donnern und

blitzen müsse, und daß wir schönes Wetter und eine gute
Ernte einzig und allein seinen und seiner Noblesse Bemühungen zu verdanken, die in den innern Gemächern darüber sehr
weise beratschlagt, während das gemeine Volk draußen auf
dem Acker gepflügt und gesäet. Fürst Paphnutius erhob mich
damals zum Geheimen Oberaufklärungs-Präsidenten, eine
Stelle, die ich mit meiner Hülle wie eine lästige Bürde abwarf,
als der Sturm vorüber. – Insgeheim war ich nützlich wie ich
konnte. Das heißt, was *wir*, ich und Sie, meine Gnädige,
wahrhaft nützlich nennen. – Wissen Sie wohl, bestes Fräulein, daß *ich* es war, der Sie warnte vor dem Einbrechen der
Aufklärungs-Polizei? – daß *ich* es bin, dem Sie noch das
Besitztum der artigen Sächelchen verdanken, die Sie mir vor-
hin gezeigt? – O mein Gott! liebe Stiftsdame, schauen Sie
doch nur aus diesen Fenstern! – Erkennen Sie denn nicht
mehr diesen Park, in dem Sie so oft lustwandelten und mit
den freundlichen Geistern sprachen, die in den Büschen –
Blumen – Quellen wohnen? – Diesen Park hab' ich gerettet
durch meine Wissenschaft. Er steht noch da wie zur Zeit des
alten Demetrius, Fürst Barsanuph bekümmert sich, dem
Himmel sei es gedankt, nicht viel um das Zauberwesen, er ist
ein leutseliger Herr und läßt jeden gewähren, jeden zaubern
so viel er Lust hat, sobald er es sich nur nicht merken läßt und
die Abgaben richtig zahlt. So leb' ich hier, wie Sie, liebe
Dame, in ihrem Stift, glücklich und sorgenfrei!« –
»Doktor«, rief das Fräulein, indem ihr die Tränen aus den
Augen stürzten, »Doktor, was sagen Sie! – welche Aufklä-
rungen! – Ja ich erkenne diesen Hain, wo ich die seligsten
Freuden genoß! – Doktor! – edelster Mann, dem ich so viel zu
verdanken! – Und Sie können meinen kleinen Schützling so
hart verfolgen?« –
»Sie haben«, erwiderte der Doktor, »Sie haben, mein bestes
Fräulein, von Ihrer angebornen Gutmütigkeit hingerissen,
Ihre Gaben an einen Unwürdigen verschleudert. Zinnober ist
und bleibt, Ihrer gütigen Hülfe ungeachtet, ein kleiner mißgestalteter Schlingel, der nun, da der goldne Kamm zerbro-
chen, ganz in meine Hand gegeben ist.«

»Haben Sie Mitleiden, o Doktor!« flehte das Fräulein.
»Aber schauen Sie doch nur gefälligst her«, sprach Prosper, indem er dem Fräulein Balthasars Horoskop, das er gestellt hatte, vorhielt.

Das Fräulein blickte hinein und rief dann voll Schmerz: »Ja! – wenn es so beschaffen ist, so muß ich wohl weichen der höheren Macht. – Armer Zinnober!« –

»Gestehen Sie, bestes Fräulein«, sprach der Doktor lächelnd, »gestehen Sie, daß die Damen oft sich in dem Bizarrsten sehr wohl gefallen, den Einfall, den der Augenblick gebar, rastlos und rücksichtslos verfolgend und jedes schmerzliche Berühren anderer Verhältnisse nicht achtend! – Zinnober muß sein Schicksal verbüßen, aber *dann* soll er noch zu unverdienter Ehre gelangen. Damit huldige ich Ihrer Macht, Ihrer Güte, Ihrer Tugend, mein sehr wertes gnädigstes Fräulein!«

»Herrlicher, vortrefflicher Mann«, rief das Fräulein, »bleiben Sie mein Freund!« –

»Immerdar«, erwiderte der Doktor. »Meine Freundschaft, meine innige Zuneigung zu Ihnen, holde Fee, wird nie aufhören. Wenden Sie sich getrost an mich in allen bedenklichen Fällen des Lebens, und – o trinken Sie Kaffee bei mir, so oft es Ihnen zu Sinne kommt.«

»Leben Sie wohl, mein würdigster Magus, nie werd' ich Ihre Huld, nie diesen Kaffee vergessen!« So sprach das Fräulein und erhob sich, von innerer Rührung ergriffen, zum Scheiden.

Prosper Alpanus begleitete sie ans Gattertor, während alle wunderbare Stimmen des Waldes auf die lieblichste Weise erklangen.

Vor dem Tor stand, statt des Fräuleins Wagen, die mit den Einhörnern bespannte Kristall-Muschel des Doktors, hinter der der Goldkäfer seine glänzenden Flügel ausbreitete. Auf dem Bock saß der Silberfasan und kuckte, die goldnen Zügel im Schnabel haltend, das Fräulein mit klugen Augen an.

In die seligste Zeit ihres herrlichsten Feenlebens fühlte sich die Stiftsdame versetzt, als der Wagen herrlich tönend durch den duftenden Wald rauschte.

79

Siebentes Kapitel

Wie der Professor Mosch Terpin im fürstlichen Weinkeller die Natur erforschte. – Mycetes Belzebub. – Verzweiflung des Studenten Balthasar. – Vorteilhafter Einfluß eines wohl eingerichteten Landhauses auf das häusliche Glück. – Wie Prosper Alpanus dem Balthasar eine schildkrötene Dose überreichte und davonritt.

Balthasar, der sich in dem Dorfe Hoch-Jakobsheim versteckt hielt, bekam von dem Referendarius Pulcher aus Kerepes einen Brief des Inhalts: »Unsere Angelegenheiten, bester Freund Balthasar! gehen immer schlechter und schlechter. Unser Feind, der abscheuliche Zinnober, ist Minister der auswärtigen Angelegenheiten geworden und hat den großen Orden des grüngefleckten Tigers mit zwanzig Knöpfen erhalten. Er hat sich aufgeschwungen zum Liebling des Fürsten und setzt alles durch, was er will. Professor Mosch Terpin ist ganz außer sich, er bläht sich auf im dummen Stolz. Durch seines künftigen Schwiegersohns Vermittlung hat er die Stelle des Generaldirektors sämtlicher natürlicher Angelegenheiten im Staate erhalten, eine Stelle, die ihm viel Geld und eine Menge anderer Emolumente einbringt. Als benannter Generaldirektor zensiert und revidiert er die Sonnen- und Mondfinsternisse, so wie die Wetterprophezeihungen in den im Staate erlaubten Kalendern, und erforscht insbesondere die Natur in der Residenz und deren Bereich. Dieser Beschäftigung halber bekommt er aus den fürstlichen Waldungen das seltenste Geflügel, die raresten Tiere, die er, um eben ihre Natur zu erforschen, braten läßt und auffrißt. Ebenso schreibt er jetzt (wenigstens gibt es er vor) eine Abhandlung darüber, warum der Wein anders schmeckt als Wasser und auch andere Wirkungen äußert, die er seinem Schwiegersohn zueignen will. Zinnober hat es bewirkt, daß Mosch Terpin der Abhandlung wegen alle Tage im fürstlichen Weinkeller studieren darf. Er hat schon einen halben Oxhoft alten Rheinwein, sowie mehrere Dutzend Flaschen Champagner verstudiert, und ist jetzt an ein Faß Alicante geraten. – Der Keller-

80

meister ringt die Hände! – So ist dem Professor, der, wie Du
weißt, das größte Leckermaul auf Erden, geholfen, und er
würde das bequemste Leben von der Welt führen, müßte er
oft nicht, wenn ein Hagelschlag die Felder verwüstet hat,
plötzlich über Land, um den fürstlichen Pächtern zu erklären, warum es gehagelt hat, damit die dummen Teufel ein
bißchen Wissenschaft bekommen, sich künftig vor dergli-
chen hüten können und nicht immer Erlaß der Pacht verlangen dürfen, einer Sache halber, die niemand verschuldet, als
sie selbst.

Der Minister kann die Tracht Schläge, die Du ihm erteilt,
nicht verwinden. Er hat Dir Rache geschworen. Du wirst
Dich gar nicht mehr in Kerepes sehen lassen dürfen. Auch
mich verfolgt er sehr, weil ich seine geheimnisvolle Art, sich
von einer geflügelten Dame frisieren zu lassen, erlauscht
habe. – Solange Zinnober des Fürsten Liebling bleibt, werde
ich wohl auf keinen ordentlichen Posten Anspruch machen
können. Mein Unstern will es, daß ich immer mit der Mißgeburt zusammengerate, wo ich es gar nicht ahne, und auf eine
Weise, die mir fatal werden muß. Neulich ist der Minister in
vollem Staat, mit Degen, Stern und Ordensband im zoologischen Kabinett, und hat sich nach seiner gewöhnlichen
Weise, den Stock untergestemmt, auf den Fußspitzen schwe-
bend, an den Glasschrank hingestellt, wo die seltensten ame-
rikanischen Affen stehen. Fremde, die das Kabinett besehen,
treten heran, und einer, den kleinen Wurzelmann erblickend,
ruft laut aus: ›Ei! – was für ein allerliebster Affe! – welch
niedliches Tier! – die Zierde des ganzen Kabinetts! – Ei wie
heißt das hübsche Äfflein? woher des Landes?‹
Da spricht der Aufseher des Kabinetts sehr ernsthaft, indem
er Zinnobers Schulter berührt: ›Ja ein sehr schönes Exemplar,
ein vortrefflicher Brasilianer, der sogenannte *Mycetes Belzebub – Simia Belzebub Linnei – niger, barbatus, podiis caudaque apice brunneis* – Brüllaffe –‹
›Herr‹ – prustet nun der Kleine den Aufseher an, ›Herr, ich
glaube Sie sind wahnsinnig oder neunmal des Teufels, ich bin
kein *Belzebub caudaque* – kein Brüllaffe, ich bin Zinnober,

der Minister Zinnober, Ritter des grüngefleckten Tigers mit zwanzig Knöpfen!‹ – Nicht weit davon stehe ich, und breche – hätt' es das Leben gekostet auf der Stelle, ich konnte mich nicht zurückhalten – aus in ein wieherndes Gelächter.

›Sind Sie auch da, Herr Referendarius?‹ schnarcht er mich an, indem rote Glut aus seinen Hexenaugen funkelt.

Gott weiß, wie es kam, daß die Fremden ihn immerfort für den schönsten seltensten Affen hielten, den sie jemals gesehen, und ihn durchaus mit Lampertsnüssen füttern wollten, die sie aus der Tasche gezogen. Zinnober geriet nun so ganz außer sich, daß er vergebens nach Atem schnappte und die Beinchen ihm den Dienst versagten. Der herbeigerufene Kammerdiener mußte ihn auf den Arm nehmen und hinabtragen in die Kutsche.

Selbst kann ich mir aber nicht erklären, warum mir diese Geschichte einen Schimmer von Hoffnung gibt. Es ist der erste Tort, der dem kleinen verhexten Unding geschehen.

So viel ist gewiß, daß Zinnober neulich am frühen Morgen sehr verstört aus dem Garten gekommen ist. Die geflügelte Frau muß ausgeblieben sein, denn vorbei ist es mit den schönen Locken. Das Haar soll ihm struppig auf dem Rücken herabhängen und Fürst Barsanuph gesagt haben: ›Vernachlässigen Sie nicht so sehr Ihre Toilette, bester Minister, ich werde Ihnen meinen Friseur schicken!‹ – worauf denn Zinnober sehr höflich geäußert, er werde den Kerl zum Fenster herausschmeißen lassen, wenn er käme. ›Große Seele! man kommt Ihnen nicht bei‹, hat dann der Fürst gesprochen und dabei sehr geweint!

Lebe wohl, liebster Balthasar! gib nicht alle Hoffnung auf, und verstecke Dich gut, damit sie Dich nicht greifen!« –

Ganz in Verzweiflung darüber, was ihm der Freund geschrieben, rannte Balthasar tief hinein in den Wald und brach aus in laute Klagen.

»Hoffen soll ich«, rief er, »hoffen soll ich noch, da jede Hoffnung verschwunden, da alle Sterne untergegangen und düstere – düstere Nacht mich Trostlosen umfängt? – Unseliges Verhängnis! – ich unterliege der finstern Macht, die ver-

derblich in mein Leben getreten! – Wahnsinn, daß ich auf
Rettung hoffte von Prosper Alpanus, von diesem Prosper
Alpanus, der mich selbst mit höllischen Künsten verlockte
und mich forttrieb von Kerepes, indem er die Prügel, die ich
dem Spiegelbilde erteilen mußte, auf Zinnobers wahrhaftigen
Rücken regnen ließ! – Ach Candida! – Könnt' ich nur das
Himmelskind vergessen! – Aber mächtiger, stärker als jemals
glüht der Liebesfunke in mir! – Überall sehe ich die holde
Gestalt der Geliebten, die mit süßem Lächeln sehnsüchtig die
Arme nach mir ausstreckt! – Ich weiß es ja! – du liebst mich,
holde süße Candida, und das ist eben mein hoffnungsloser
tötender Schmerz, daß ich dich nicht zu retten vermag aus der
heillosen Verzauberung, die dich befangen! – Verräterischer
Prosper! was tat ich dir, daß du mich so grausam äfftest!« –
Die tiefe Dämmerung war eingebrochen, alle Farben des
Waldes schwanden hin in dumpfes Grau. Da war es, als
leuchte ein besonderer Glanz wie aufflammender Abend-
schein durch Baum und Gebüsch, und tausend Insektlein
erhoben sich mit rauschendem Flügelschlage sumsend in die
Lüfte. Leuchtende Goldkäfer schwangen sich hin und her,
und dazwischen flatterten buntgeputzte Schmetterlinge und
streuten duftenden Blumenstaub um sich her. Das Wispern
und Sumsen wurde zu sanfter, süßflüsternder Musik, die sich
tröstend legte an Balthasars zerrissene Brust. Über ihm fun-
kelte stärker strahlend der Glanz. Er schaute hinauf, und
erblickte staunend Prosper Alpanus, der auf einem wunderbaren Insekt, das einer in den herrlichsten Farben prunken-
den Libelle nicht unähnlich, daherschwebte.
Prosper Alpanus senkte sich herab zu dem Jüngling, an dessen Seite er Platz nahm, während die Libelle aufflog in ein
Gebüsch und in den Gesang einstimmte, der durch den ganzen Wald tönte.
Er berührte des Jünglings Stirne mit den wundervoll glänzenden Blumen, die er in der Hand trug, und sogleich entzündete
sich in Balthasars Innerm frischer Lebensmut.
»Du tust«, sprach nun Prosper Alpanus mit sanfter Stimme,
»du tust mir großes Unrecht, lieber Balthasar, da du mich

83

grausam und verräterisch schiltst in dem Augenblick, als es
mir gelungen ist, Herr zu werden des Zaubers, der dein
Leben verstört, als ich, um nur schneller dich zu finden, dich
zu trösten, mich auf mein buntes Lieblingsrößlein schwinge
und herbeireite, mit allem versehen, was zu deinem Heil dienen kann. – Doch nichts ist bittrer als Liebesschmerz, nichts
gleicht der Ungeduld eines in Liebe und Sehnsucht verzwei-
felnden Gemüts. – Ich verzeihe dir, denn mir ist es selbst
nicht besser gegangen, als ich vor ungefähr zweitausend Jahren eine indische Prinzessin liebte, Balsamine geheißen, und
dem Zauberer Lothos, der mein bester Freund war, in der
Verzweiflung den Bart ausriß, weshalb ich, wie du siehst,
selbst keinen trage, damit mir nicht Ähnliches geschehe. –
Doch dir dies alles weitläufig zu erzählen, würde wohl hier
an sehr unrechtem Orte sein, da jeder Liebende nur von *seiner*
Liebe hören mag, die er allein der Rede wert hält, so wie jeder
Dichter nur *seine* Verse gern vernimmt. Also zur Sache! –
Wisse, daß Zinnober die verwahrloste Mißgeburt eines armen
Bauerweibes ist und eigentlich Klein Zaches heißt. Nur aus
Eitelkeit hat er den stolzen Namen Zinnober angenommen.
Das Stiftsfräulein von Rosenschön, oder eigentlich die be-
rühmte Fee Rosabelverde, denn niemand anders ist jene
Dame, fand das kleine Ungetüm am Wege. Sie glaubte, alles,
was die Natur dem Kleinen stiefmütterlich versagt, dadurch
zu ersetzen, wenn sie ihn mit der seltsamen geheimnisvollen
Gabe beschenkte, vermöge der

alles, was in seiner Gegenwart irgend ein anderer Vortreffliches denkt, spricht oder tut, auf *seine* Rechnung kommen, ja daß er in der Gesellschaft wohlgebildeter, verständiger, geistreicher Personen auch für wohlgebildet,
verständig und geistreich geachtet werden und überhaupt
allemal für den vollkommensten der Gattung, mit der er im
Konflikt, gelten muß.

Dieser sonderbare Zauber liegt in drei feuerfarbglänzenden
Haaren, die sich über den Scheitel des Kleinen ziehen. Jede
Berührung dieser Haare, sowie überhaupt des Hauptes,
mußte dem Kleinen schmerzhaft, ja verderblich sein. Deshalb

ließ die Fee sein von Natur dünnes, struppiges Haar in dicken anmutigen Locken hinabwallen, die des Kleinen Haupt schützend zugleich jenen roten Streif versteckten und den Zauber stärkten. Jeden neunten Tag frisierte die Fee selbst den Kleinen mit einem goldnen magischen Kamm, und diese Frisur vernichtete jedes auf Zerstörung des Zaubers gerichtete Unternehmen. Aber den Kamm selbst hat ein kräftiger Talisman, den ich der guten Fee, als sie mich besuchte, unterzuschieben wußte, vernichtet.

Es kommt jetzt nur darauf an, ihm jene drei feuerfarbnen Haare auszureißen, und er sinkt zurück in sein voriges Nichts! – Dir, mein lieber Balthasar, ist diese Entzauberung vorbehalten. Du hast Mut, Kraft und Geschicklichkeit, du wirst die Sache ausführen, wie es sich gehört. Nimm dieses kleine geschliffene Glas, nähere dich dem kleinen Zinnober, wo du ihn findest, richte deinen scharfen Blick durch dieses Glas auf sein Haupt, frei und offen werden die drei roten Haare sich über das Haupt des Kleinen ziehen. Packe ihn fest an, achte nicht auf das gellende Katzengeschrei, das er ausstoßen wird, reiße ihm mit einem Ruck die drei Haare aus und verbrenne sie auf der Stelle. Es ist notwendig, daß die Haare mit *einem* Ruck ausgerissen und *sogleich* verbrannt werden, denn sonst könnten sie noch allerlei verderbliche Wirkungen äußern. Richte daher dein vorzügliches Augenmerk darauf, daß du die Haare geschickt und fest erfassest und den Kleinen überfällst, wenn gerade ein Feuer oder ein Licht in der Nähe befindlich.« –

»O Prosper Alpanus«, rief Balthasar, »wie schlecht habe ich diese Güte, diesen Edelmut durch mein Mißtrauen verdient.

– Wie fühle ich es so in tiefer Brust, daß nun mein Leiden endigt, daß alles Himmelsglück mir die goldnen Tore erschließt!« –

»Ich liebe«, fuhr Prosper Alpanus fort, »ich liebe Jünglinge, die so wie du, mein Balthasar, Sehnsucht und Liebe im reinen Herzen tragen, in deren Innerm noch jene herrlichen Akkorde widerhallen, die dem fernen Lande voll göttlicher Wunder angehören, das meine Heimat ist. Die glücklichen mit dieser inneren Musik begabten Menschen sind die einzigen, die man Dichter nennen kann, wiewohl viele auch so gescholten werden, die den ersten besten Brummbaß zur Hand nehmen, darauf herumstreichen und das verworrene Gerassel der unter ihrer Faust stöhnenden Saiten für herrliche Musik halten, die aus ihrem eignen Innern heraustönt. – Dir ist, ich weiß es, mein geliebter Balthasar, dir ist es zuweilen so, als verstündest du die murmelnden Quellen, die rauschenden Bäume, ja als spräche das aufflammende Abendrot zu dir mit verständlichen Worten! – Ja mein Balthasar! – in diesen Momenten verstehst du wirklich die wunderbaren Stimmen der Natur, denn aus deinem eignen Innern erhebt sich der göttliche Ton, den die wundervolle Harmonie des tiefsten Wesens der Natur entzündet. – Da du Klavier spielst, o Dichter, so wirst du wissen, daß dem angeschlagenen Ton die ihm verwandten Töne nachklingen. – Dieses Naturgesetz dient zu mehr als zum schalen Gleichnis! – Ja, o Dichter, du bist ein viel besserer, als es manche glauben, denen du deine Versuche, die innere Musik mit Feder und Tinte zu Papier zu bringen, vorgelesen. Mit diesen Versuchen ist es nicht weit her. Doch hast du im historischen Stil einen guten Wurf getan, als du mit pragmatischer Breite und Genauigkeit die Geschichte von der Liebe der Nachtigall zur Purpurrose aufschriebst, welche sich unter meinen Augen begeben. – Das ist eine ganz artige Arbeit –«

Prosper Alpanus hielt inne, Balthasar blickte ihn ganz verwundert an mit großen Augen, er wußte gar nicht, was er dazu sagen sollte, daß Prosper das Gedicht, welches er für das phantastischste hielt, das er jemals aufgeschrieben, für einen historischen Versuch erklärte.

»Du magst«, fuhr Prosper Alpanus fort, indem ein anmutiges Lächeln sein Gesicht überstrahlte, »du magst dich wohl über meine Reden verwundern, dir mag überhaupt manches seltsam an mir vorkommen. Bedenke aber, daß ich nach dem Urteil aller vernünftigen Leute eine Person bin, die nur im Märchen auftreten darf, und du weißt, geliebter Balthasar, daß solche Personen sich wunderlich gebärden und tolles

Zeug schwatzen können, wie sie nur mögen, vorzüglich
wenn hinter allem doch etwas steckt, was gerade nicht zu
verwerfen. – Nun aber weiter! – Nahm sich die Fee Rosabelverde des mißgestalteten Zinnober so eifrig an, so bist du,
mein Balthasar, nun ganz und gar mein lieber Schützling.
Höre also, was ich für dich zu tun gesonnen! – Der Zauberer
Lothos besuchte mich gestern, er brachte mir tausend Grüße,
aber auch tausend Klagen von der Prinzessin Balsamine, die
aus dem Schlafe erwacht ist, und in den süßen Tönen des
Chartah Bhade, jenes herrlichen Gedichts, das unsere erste
Liebe war, sehnende Arme nach mir ausstreckt: Auch mein
alter Freund, der Minister Yuchi, winkt mir freundlich zu
vom Polarstern. – Ich muß fort nach dem fernsten Indien! –
Mein Landgut, das ich verlasse, wünsche ich in keines andern
Besitz zu sehen, als in dem deinigen. Morgen gehe ich nach
Kerepes und lasse eine förmliche Schenkungsurkunde ausfer-
tigen, in der ich als dein Oheim auftrete. Ist nun Zinnobers
Zauber gelöst; trittst du vor den Professor Mosch Terpin hin
als Besitzer eines vortrefflichen Landguts, eines beträchtli-
chen Vermögens, und wirbst du um die Hand der schönen
Candida, so wird er in voller Freude dir alles gewähren. Aber
noch mehr! – Ziehst du mit deiner Candida ein in mein Landhaus, so ist das Glück deiner Ehe gesichert. Hinter den schönen Bäumen wächst alles, was das Haus bedarf; außer den
herrlichsten Früchten, der schönste Kohl und tüchtiges
schmackhaftes Gemüse überhaupt, wie man es weit und breit
nicht findet. Deine Frau wird immer den ersten Salat, die
ersten Spargel haben. Die Küche ist so eingerichtet, daß die
Töpfe niemals überlaufen, und keine Schüssel verdirbt, soll-
test du auch einmal eine ganze Stunde über die Essenszeit
ausbleiben. Teppiche, Stuhl- und Sofa-Bezüge sind von der
Beschaffenheit, daß es bei der größten Ungeschicklichkeit der
Dienstboten unmöglich bleibt, einen Fleck hineinzubringen,
ebenso zerbricht kein Porzellan, kein Glas, sollte sich auch
die Dienerschaft deshalb die größte Mühe geben und es auf
den härtesten Boden werfen. Jedesmal endlich, wenn deine
Frau waschen läßt, ist auf dem großen Wiesenplan hinter dem

Hause das allerschönste heiterste Wetter, sollte es auch ringsumher regnen, donnern und blitzen. Kurz, mein Balthasar! es
ist dafür gesorgt, daß du das häusliche Glück an deiner holden
Candida Seite ruhig und ungestört genießest! –
Doch nun ist es wohl an der Zeit, daß ich heimkehre und in
Gemeinschaft mit meinem Freunde Lothos die Anstalten zu
meiner baldigen Abreise beginne. Lebe wohl, mein Balthasar!« –
Damit pfiff Prosper ein- – zweimal der Libelle, die alsbald
sumsend herbeiflog. Er zäumte sie auf und schwang sich in
den Sattel. Aber schon im Davonschweben hielt er plötzlich
an und kehrte um zu Balthasar. –
»Beinahe«, sprach er, »hätte ich deinen Freund Fabian vergessen. In einem Anfall schalkischer Laune habe ich ihn für
seinen Vorwitz zu hart gestraft. In dieser Dose ist das enthalten, was ihn tröstet!« –
Prosper reichte dem Balthasar ein kleines blank poliertes
schildkrötenes Döschen hin, das er ebenso einsteckte, wie die
kleine Lorgnette, die er erst zur Entzauberung Zinnobers von
Prosper erhalten.
Prosper Alpanus rauschte nun fort durch das Gebüsch,
indem die Stimmen des Waldes stärker und anmutiger ertönten.
Balthasar kehrte zurück nach Hoch-Jakobsheim, alle Wonne,
alles Entzücken der süßesten Hoffnung im Herzen.

Achtes Kapitel

Wie Fabian seiner langen Rockschöße halber für einen Sektierer und Tumultu-
anten gehalten wurde. – Wie Fürst Barsanuph hinter den Kaminschirm trat und
den Generaldirektor der natürlichen Angelegenheiten kassierte. – Zinnobers
Flucht aus Mosch Terpins Hause. – Wie Mosch Terpin auf einem Sommervogel
ausreiten und Kaiser werden wollte, dann aber zu Bette ging.

In der frühesten Morgendämmerung, als Wege und Straßen
noch einsam, schlich sich Balthasar hinein nach Kerepes und
lief augenblicklich zu seinem Freunde Fabian. Als er an die
Stubentüre pochte, rief eine kranke matte Stimme: »Her-
ein!« –
Bleich – entstellt, hoffnungslosen Schmerz im Antlitz, lag
Fabian auf dem Bette. »Um des Himmels willen«, rief Balthasar, »um des Himmels willen – Freund! sprich! – was ist dir
widerfahren?«
»Ach Freund«, sprach Fabian mit gebrochener Stimme,
indem er sich mühsam in die Höhe richtete, »mit mir ist es
aus, rein aus. Der verfluchte Hexenspuk, den, ich weiß es,
der rachsüchtige Prosper Alpanus über mich gebracht, stürzt
mich ins Verderben!«
»Wie ist das möglich?« fragte Balthasar; »Zauberei, Hexenspuk, du glaubtest sonst an dergleichen nicht.«
»Ach«, fuhr Fabian mit weinerlicher Stimme fort, »ach ich
glaube jetzt an alles, an Zauberer und Hexen und Erdgeister
und Wassergeister, an den Rattenkönig und die Alraunwur-
zel – an alles was du willst. Wem das Ding so auf den Hals
tritt, wie mir, der gibt sich wohl! – Du erinnerst dich an den
höllischen Skandal mit meinem Rocke, als wir von Prosper
Alpanus kamen! – Ja! wär' es nur dabei geblieben! – Sieh dich
doch etwas um in meinem Zimmer, lieber Balthasar!« –
Balthasar tat es, und gewahrte an allen Wänden ringsumher
eine Unzahl von Fracks, Überröcken, Kurtken, von allem
möglichen Zuschnitt, von allen möglichen Farben. »Wie«,
rief er, »willst du einen Kleiderkram anlegen, Fabian?«
»Spotte nicht«, erwiderte Fabian, »spotte nicht, lieber

89

Freund. Alle diese Kleider ließ ich anfertigen von den berühmtesten Schneidern, immer hoffend, endlich einmal der unseligen Verdammnis zu entgehen, die auf meinen Röcken ruht, aber umsonst. Sowie ich den schönsten Rock, der mir steht wie angegossen an den Leib, nur einige Minuten trage, rutschen die Ärmel mir an die Schultern herauf und die Schöße schwänzeln mir nach sechs Ellen lang. In der Verzweiflung ließ ich mir jenen Spenzer mit den eine Welt langen Pierrots-Ärmeln machen: ›Rutscht nur Ärmel‹, dacht' ich, ›dehnt euch nur aus Schöße, so kommt alles ins Gleiche‹; aber! – ganz dasselbe wie mit allen andern Röcken war es in wenigen Minuten! Alle Kunst und Kraft der mächtigsten Schneider richtete nichts aus gegen den verwünschten Zauber! Daß ich verhöhnt, verspottet wurde, wo ich mich nur blicken ließ, versteht sich von selbst, aber bald veranlaßte meine unverschuldete Hartnäckigkeit, immer wieder in einem solch verteufelten Rock zu erscheinen, ganz andere Urteile. Das geringste war noch, daß die Frauen mich grenzenlos eitel und abgeschmackt schalten, da ich aller Sitte entgegen mich durchaus mit nackten Armen, sie wahrscheinlich für sehr schön haltend, sehen lassen wolle. Die Theologen aber schrien mich bald für einen Sektierer aus, stritten sich nur, ob ich zur Sekte der Ärmelianer oder Schößianer zu rechnen, waren aber darin einig, daß beide Sekten höchst gefährlich zu nennen, da beide vollkommene Freiheit des Willens statuierten und sich erfrechten zu denken was sie wollten. Diplomatiker hielten mich für einen schnöden Aufwiegler. Sie behaupteten, ich wolle durch meine langen Rockschöße Unzufriedenheit im Volke erregen und es aufsässig machen gegen die Regierung, gehöre überhaupt zu einem geheimen Bunde, dessen Zeichen ein kurzer Ärmel sei. Schon seit langer Zeit fänden sich hie und da Spuren der Kurzärmler, die ebenso zu fürchten als die Jesuiten, ja noch mehr, da sie sich bemühten, überall die jedem Staate schädliche Poesie einzuführen und an der Infallibilität der Fürsten zweifelten. Kurz! – das Ding wurde ernster und ernster, bis mich der Rektor zitieren ließ. Ich sah mein

90

Unglück vorher, wenn ich einen Rock anzog, erschien also in der Weste. Darüber wurde der Mann zornig, er glaubte, ich wolle ihn verhöhnen, und fuhr auf mich los: ich solle binnen acht Tagen in einem vernünftigen anständigen Rock vor ihm erscheinen, widrigenfalls er ohne alle Gnade die Relegation über mich aussprechen würde. – Heute geht der Termin zu Ende! – O ich Unglücklicher! – O verdammter Prosper Alpanus –«

»Halt ein«, rief Balthasar, »halt ein, lieber Freund Fabian, schmäle nicht auf meinen teuern lieben Oheim, der mir ein Landgut geschenkt hat. Auch mit *dir* meint er es gar nicht so böse, ungeachtet er, ich muß es gestehen, den Vorwitz, womit du ihm begegnetest, zu hart gestraft hat. – Doch ich bringe Hülfe! – er sendet dir dies Döschen, welches alle deine Leiden enden soll.«

Damit zog Balthasar das kleine schildkrötene Döschen, welches er von Prosper Alpanus erhalten, aus der Tasche und überreichte es dem trostlosen Fabian.

»Was soll«, sprach dieser, »was soll mir denn der dumme Quark helfen? wie kann ein kleines schildkrötenes Döschen Einfluß haben auf die Gestaltung meiner Röcke?«

»Das weiß ich nicht«, erwiderte Balthasar, »aber mein lieber Oheim kann und wird mich nicht täuschen, ich habe das vollste Zutrauen zu ihm; darum öffne nur die Dose, lieber Fabian, wir wollen sehen, was darin enthalten.«

Fabian tat es – und aus der Dose quoll ein herrlich gemachter schwarzer Frack von dem feinsten Tuche hervor. Beide, Fabian und Balthasar, konnten sich des lauten Ausrufs der höchsten Verwunderung nicht erwehren.

»Ha, ich verstehe dich«, rief Balthasar begeistert, »ha ich verstehe dich, mein Prosper, mein teurer Oheim! Dieser Rock wird passen, wird allen Zauber lösen.« –

Fabian zog den Rock ohne weiteres an, und was Balthasar geahnet, traf wirklich ein. Das schöne Kleid saß dem Fabian, wie noch niemals ihm eins gesessen, und an Rutschen der Ärmel, an Verlängerung der Schöße war nicht zu denken. Ganz außer sich vor Freude, beschloß Fabian nun sogleich in

seinem neuen wohlpassenden Rock zum Rektor hinzulaufen
und alles ins gleiche zu bringen.

Balthasar erzählte nun seinem Freunde Fabian ausführlich,
wie sich alles begeben mit Prosper Alpanus, und wie dieser
ihm die Mittel in die Hand gegeben, dem heillosen Unwesen
des mißgestalteten Däumlings ein Ende zu machen. Fabian,
der ein ganz anderer worden, da ihn alle Zweifelsucht ganz
verlassen, rühmte Prospers hohen Edelmut über alle Maßen,
und erbot sich bei Zinnobers Entzauberung hülfreiche Hand
zu leisten. In dem Augenblick gewahrte Balthasar aus dem
Fenster seinen Freund, den Referendarius Pulcher, der ganz
trübsinnig um die Ecke schleichen wollte.

Fabian steckte auf Balthasars Geheiß den Kopf zum Fenster
heraus und winkte und rief dem Referendarius zu, er möge
doch nur gleich heraufkommen.

Sowie Pulcher eintrat, rief er gleich: »Was hast du denn für
einen herrlichen Rock an, lieber Fabian!« Dieser sagte aber,
Balthasar werde ihm alles erklären, und lief fort zum Rektor.

Als nun Balthasar dem Referendarius alles ausführlich
erzählt, was sich zugetragen, sprach dieser: »Gerade an der
Zeit ist es nun, daß der abscheuliche Unhold tot gemacht
wird. Wisse, daß er heute seine feierliche Verlobung mit Candida feiert, daß der eitle Mosch Terpin ein großes Fest gibt,
wozu er selbst den Fürsten geladen. Gerade bei diesem Feste
wollen wir eindringen in des Professors Haus und den Kleinen überfallen. An Lichtern im Saal wird's nicht fehlen zum
augenblicklichen Verbrennen der feindseligen Haare.« –

Noch manches hatten die Freunde gesprochen und miteinander verabredet, als Fabian eintrat mit vor Freude glänzendem
Gesicht.

»Die Kraft«, sprach er, »die Kraft des Rocks, der der schild-
krötenen Dose entquollen, hat sich herrlich bewährt. Sowie
ich eintrat bei dem Rektor, lächelte er zufrieden. ›Ha‹, redete
er mich an, ›ha! – ich gewahre, mein lieber Fabian, daß Sie
zurückgekommen sind von Ihrer seltsamen Verirrung! –
Nun! Feuerköpfe wie Sie, lassen sich leicht hinreißen zu dem

Extremen! – Für religiöse Schwärmerei habe ich Ihr Beginnen niemals gehalten – mehr falsch verstandener Patriotismus – Hang zum Außerordentlichen, gestützt auf das Beispiel der Heroen des Altertums. – Ja das lasse ich gelten, solch ein schöner, wohlpassender Rock! – Heil dem Staate, Heil der Welt, wenn hochherzige Jünglinge solche Röcke tragen, mit solchen passenden Ärmeln und Schößen. Bleiben Sie treu, Fabian, bleiben Sie treu solcher Tugend, solchem wackren Sinn, daraus entsproßt wahre Heldengröße!‹ – Der Rektor umarmte mich, indem helle Tränen ihm in die Augen traten. Selbst weiß ich nicht, wie ich dazu kam, die kleine schildkrötene Dose, aus der der Rock entstanden und die ich nun in dessen Tasche gesteckt, hervorzuziehen. ›Bitte!‹ sprach der Rektor, indem er Daum und Zeigefinger zusammenspitzte. Ohne zu wissen, ob wohl Tabak darin enthalten, klappte ich die Dose auf. Der Rektor griff hinein, schnupfte, faßte meine Hand, drückte sie stark, Tränen liefen ihm über die Wangen; er sprach tiefgerührt: ›Edler Jüngling! – eine schöne Prise! – Alles ist vergeben und vergessen, speisen Sie bei mir heut mittags!‹ – Ihr seht, Freunde! all mein Leiden hat ein Ende, und gelingt uns heute, wie es anders gar nicht zu erwarten steht, die Entzauberung Zinnobers, so seid auch *ihr* fortan glücklich!« –

In dem mit hundert Kerzen erleuchteten Saal stand der kleine Zinnober im scharlachroten gestickten Kleide, den großen Orden des grüngefleckten Tigers mit zwanzig Knöpfen umgetan, Degen an der Seite, Federhut unterm Arm. Neben ihm die holde Candida bräutlich geschmückt, in aller Anmut und Jugend strahlend. Zinnober hatte ihre Hand gefaßt, die er zuweilen an den Mund drückte und dabei recht widrig grinste und lächelte. Und jedesmal überflog dann ein höheres Rot Candidas Wangen und sie blickte den Kleinen an mit dem Ausdruck der innigsten Liebe. Das war denn wohl recht graulich anzusehen, und nur die Verblendung, in die Zinnobers Zauber alle versetzte, war schuld daran, daß man nicht, ergrimmt über Candidas heillose Verstrickung, den kleinen Hexenkerl packte und ins Kaminfeuer warf. Rings um das

Paar im Kreise in ehrerbietiger Entfernung hatte sich die Gesellschaft gesammelt. Nur Fürst Barsanuph stand neben Candida und mühte sich, bedeutungsvolle gnädige Blicke umherzuwerfen, auf die indessen niemand sonderlich achtete. Alles hatte nur Auge für das Brautpaar und hing an Zinnobers Lippen, der hin und wieder einige unverständliche Worte schnurrte, denen jedesmal ein leises Ach! der höchsten Bewunderung, das die Gesellschaft ausstieß, folgte.

Es war an dem, daß die Verlobungsringe gewechselt werden sollten. Mosch Terpin trat in den Kreis mit einem Präsentierteller, auf dem die Ringe funkelten. Er räusperte sich – Zinnober hob sich auf den Fußspitzen so hoch als möglich, beinahe reichte er der Braut an den Ellbogen. – Alles stand in der gespanntesten Erwartung – da lassen sich plötzlich fremde Stimmen hören, die Türe des Saals springt auf, Balthasar dringt ein, mit ihm Pulcher – Fabian! – Sie brechen durch den Kreis – »Was ist das, was wollen die Fremden?« ruft alles durcheinander. –

Fürst Barsanuph schreit entsetzt: »Aufruhr – Rebellion – Wache!« und springt hinter den Kaminschirm. – Mosch Terpin erkennt den Balthasar, der dicht bis zum Zinnober vorgedrungen, und ruft: »Herr Studiosus! – Sind Sie rasend – sind Sie von Sinnen? – wie können Sie sich unterstehen hier einzudringen in die Verlobung! – Leute – Gesellschaft – Bediente, werft den Grobian zur Türe hinaus!« –

Aber ohne sich nur im mindesten an irgend etwas zu kehren, hat Balthasar schon Prospers Lorgnette hervorgezogen und richtet durch dieselbe den festen Blick auf Zinnobers Haupt. Wie vom elektrischen Strahl getroffen, stößt Zinnober ein gellendes Katzengeschrei aus, daß der ganze Saal widerhallt. Candida fällt ohnmächtig auf einen Stuhl; der eng geschlossene Kreis der Gesellschaft stäubt auseinander. – Klar vor Balthasars Augen liegt der feuerfarbglänzende Haarstreif, er springt zu auf Zinnober – faßt ihn, *der* strampelt mit den Beinchen und sträubt sich und kratzt und beißt.

»Angepackt – angepackt!« ruft Balthasar; da fassen Fabian

94

und Pulcher den Kleinen, daß er sich nicht zu regen und zu bewegen vermag, und Balthasar faßt sicher und behutsam die roten Haare, reißt sie mit einem Ruck vom Haupte herab, springt an den Kamin, wirft sie ins Feuer, sie prasseln auf, es geschieht ein betäubender Schlag, alle erwachen wie aus dem Traum. – Da steht der kleine Zinnober, der sich mühsam aufgerafft von der Erde, und schimpft und schmält, und befiehlt, man solle die frechen Ruhestörer, die sich an der geheiligten Person des ersten Ministers im Staate vergriffen, sogleich packen und ins tiefste Gefängnis werfen! Aber einer frägt den andern: »Wo kommt denn mit einem Mal der kleine purzelbäumige Kerl her? – was will das kleine Ungetüm?« – Und wie der Däumling immerfort tobt und mit den Füßchen den Boden stampft und immer dazwischen ruft: »Ich bin der Minister Zinnober – ich bin der Minister Zinnober – der grüngefleckte Tiger mit zwanzig Knöpfen!« da bricht alles in ein tolles Gelächter aus. Man umringt den Kleinen, die Männer heben ihn auf und werfen sich ihn zu wie einen Fangball; ein Ordensknopf nach dem andern springt ihm vom Leibe – er verliert den Hut – den Degen, die Schuhe. – Fürst Barsanuph kommt hinter dem Kaminschirm hervor und tritt hinein mitten in den Tumult. Da kreischt der Kleine: »Fürst Barsanuph – Durchlaucht – retten Sie Ihren Minister – Ihren Liebling! – Hülfe – Hülfe – der Staat ist in Gefahr – der grüngefleckte Tiger – Weh – weh!« – Der Fürst wirft einen grimmigen Blick auf den Kleinen und schreitet dann rasch vorwärts nach der Türe. Mosch Terpin kommt ihm in den Weg, den faßt er, zieht ihn in die Ecke und spricht mit zornfunkelnden Augen: »Sie erdreisten sich, Ihrem Fürsten, Ihrem Landesvater hier eine dumme Komödie vorspielen zu wollen? – Sie laden mich ein zur Verlobung Ihrer Tochter mit meinem würdigen Minister Zinnober, und statt meines Ministers finde ich hier eine abscheuliche Mißgeburt, die Sie in glänzende Kleider gesteckt? – Herr, wissen Sie, daß das ein landesverräterischer Spaß ist, den ich strenge ahnden würde, wenn Sie nicht ein ganz alberner Mensch wären, der ins Tollhaus gehört. –

Ich entsetze Sie des Amts als Generaldirektor der natürlichen Angelegenheiten, und verbitte mir alles weitere Studieren in meinem Keller! – Adieu!«

Damit stürmte er fort.

Aber Mosch Terpin stürzte zitternd vor Wut los auf den Kleinen, faßte ihn bei den langen struppigen Haaren und rannte mit ihm hin nach dem Fenster: »Hinunter mit dir«, schrie er, »hinunter mit dir, schändliche heillose Mißgeburt, die mich so schmachvoll hintergangen, mich um alles Glück des Lebens gebracht hat!«

Er wollte den Kleinen hinabstürzen durch das geöffnete Fenster, doch der Aufseher des zoologischen Kabinetts, der auch zugegen, sprang mit Blitzesschnelle hinzu, faßte den Kleinen und entriß ihn Mosch Terpins Fäusten. »Halten Sie ein«, sprach der Aufseher, »halten Sie ein, Herr Professor, vergreifen Sie sich nicht an fürstlichem Eigentum. Es ist keine Mißgeburt, es ist der *Mycetes Belzebub, Simia Belzebub,* der dem Museo entlaufen.« »*Simia Belzebub – Simia Belzebub!*« ertönte es von allen Seiten unter schallendem Gelächter. Doch kaum hatte der Aufseher den Kleinen auf den Arm genommen und ihn recht angesehen, als er unmutig ausrief: »Was sehe ich! – das ist ja nicht *Simia Belzebub,* das ist ja ein schnöder häßlicher Wurzelmann! Pfui! – pfui!« –

Und damit warf er den Kleinen in die Mitte des Saals. Unter dem lauten Hohngelächter der Gesellschaft rannte der Kleine quiekend und knurrend durch die Türe fort – die Treppe herab – fort fort nach seinem Hause, ohne daß ihn ein einziger von seinen Dienern bemerkt.

Währenddessen, daß sich dies alles im Saale begab, hatte sich Balthasar in das Kabinett entfernt, wo man, wie er wahrgenommen, die ohnmächtige Candida hingebracht. Er warf sich ihr zu Füßen, drückte ihre Hände an seine Lippen, nannte sie mit den süßesten Namen. Sie erwachte endlich mit einem tiefen Seufzer, und als sie den Balthasar erblickte, da rief sie voll Entzücken: »Bist du endlich – endlich da, mein geliebter Balthasar! Ach ich bin ja beinahe vergangen vor Sehnsucht und Liebesschmerz! – und immer erklangen mir

96

die Töne der Nachtigall, von denen berührt der Purpurrose
das Herzblut entquillt!« –
Nun erzählte sie, alles alles um sich her vergessend, wie ein
böser abscheulicher Traum sie verstrickt, wie es ihr vorge-
5 kommen, als habe sich ein häßlicher Unhold an ihr Herz
gelegt, dem sie ihre Liebe schenken müssen, weil sie nicht
anders gekonnt. Der Unhold habe sich zu verstellen gewußt,
daß er ausgesehen wie Balthasar; und wenn sie recht lebhaft
an Balthasar gedacht, habe sie zwar gewußt, daß der Unhold
10 nicht Balthasar, aber dann sei es ihr wieder auf unbegreifliche
Weise gewesen, als müsse sie den Unhold lieben, eben um
Balthasars willen.
Balthasar klärte ihr so viel auf, als es geschehen konnte, ohne
ihre ohnehin aufgeregten Sinne ganz und gar zu verwirren.
15 Dann folgten, wie es unter Liebesleuten nicht anders zu
geschehen pflegt, tausend Versicherungen, tausend Schwüre
ewiger Liebe und Treue. Und dabei umfingen sie sich und
drückten sich mit der Inbrunst der innigsten Zärtlichkeit an
die Brust, und waren ganz und gar umflossen von aller
20 Wonne, von allem Entzücken des höchsten Himmels.
Mosch Terpin trat ein händeringend und lamentierend, mit
ihm kamen Pulcher und Fabian, die immerfort jedoch vergebens trösteten.
»Nein«, rief Mosch Terpin, »nein, ich bin ein total geschlage-
25 ner Mann! – nicht mehr Generaldirektor der natürlichen
Angelegenheiten im Staate. – Kein Studium mehr im fürstlichen Keller – die Ungnade des Fürsten – ich gedachte Ritter
zu werden des grüngefleckten Tigers wenigstens mit fünf
Knöpfen – Alles aus! – Was wird nur Se. Exzellenz der wür-
30 dige Minister Zinnober dazu sagen, wenn er hört, daß ich eine
schnöde Mißgeburt, den *Simia Belzebub cauda prehensili*,
oder was weiß ich sonst, für ihn gehalten! – O Gott, auch sein
Haß wird auf mir lasten! – Alicante! – Alicante!« –
»Aber, bester Professor«, trösteten die Freunde – »verehrter
35 Generaldirektor, bedenken Sie doch nur, daß es gar keinen
Minister Zinnober mehr gibt! – Sie haben sich ganz und gar
nicht vergriffen, der ungestalte Knirps hat vermöge der

97

Zaubergabe, die er von der Fee Rosabelverde erhalten, Sie
ebenso gut getäuscht, wie uns alle!« –
Nun erzählte Balthasar, wie sich alles begeben von Anfang
an. Der Professor horchte und horchte, bis Balthasar geen-
det, da rief er: »Wach' ich! – träum' ich – Hexen – Zauberer –
Feen – magische Spiegel – Sympathien – soll ich an den
Unsinn glauben –«
»Ach liebster Herr Professor«, fiel Fabian ein, »hätten Sie nur
eine Zeitlang einen Rock getragen mit kurzen Ärmeln und
langer Schleppe, so wie ich, Sie würden schon an alles glauben, daß es eine Lust wäre! –
»Ja«, rief Mosch Terpin, »ja es ist alles so – ja! – ein verhextes
Untier hat mich getäuscht – ich stehe nicht mehr auf den
Füßen – ich schwebe auf zur Decke – Prosper Alpanus holt
mich ab – ich reite aus auf einem Sommervogel – ich laß mich
frisieren von der Fee Rosabelverde – von dem Stiftsfräulein
Rosenschön, und werde Minister! – König – Kaiser!« –
Und damit sprang er im Zimmer umher und schrie und
juchzte, daß alle für seinen Verstand fürchteten, bis er ganz
erschöpft in einen Lehnsessel sank. Da nahten sich ihm Candida und Balthasar. Sie sprachen davon, wie sie sich so innig,
so über alles liebten, wie sie gar nicht ohne einander leben
könnten, und das war recht wehmütig anzuhören, weshalb
Mosch Terpin auch wirklich etwas weinte. »Alles«, sprach er
schluchzend, »alles was ihr wollt, Kinder! – heiratet euch,
liebt euch – hungert zusammen, denn ich gebe der Candida
keinen Groschen mit –«
Was das Hungern beträfe, sprach Balthasar lächelnd, so hoffe
er morgen den Herrn Professor zu überzeugen, daß davon
wohl niemals die Rede sein könne, da sein Oheim Prosper
Alpanus hinlänglich für ihn gesorgt.
»Tue das«, sprach der Professor matt, »tue das, mein lieber
Sohn, wenn du kannst, und zwar morgen; denn soll ich nicht
in Wahnsinn verfallen, soll mir der Kopf nicht zerspringen,
so muß ich sofort zu Bette gehen!« –
Er tat das wirklich auf der Stelle.

98

Neuntes Kapitel

Verlegenheit eines treuen Kammerdieners. – Wie die alte Liese eine Rebellion
anzettelte und der Minister Zinnober auf der Flucht ausglitschte. – Auf welche
merkwürdige Weise der Leibarzt des Fürsten Zinnobers jähen Tod erklärte. –
Wie Fürst Barsanuph sich betrübte, Zwiebeln aß, und wie Zinnobers Verlust
unersetzlich blieb.

Der Wagen des Ministers Zinnober hatte beinahe die ganze
Nacht vergeblich vor Mosch Terpins Hause gehalten. Einmal
über das andere versicherte man dem Jäger, Se. Exzellenz
müßten schon lange die Gesellschaft verlassen haben; der
meinte aber dagegen, das sei ganz unmöglich, da Se. Exzellenz doch wohl nicht im Regen und Sturm zu Fuß nach Hause
gerannt sein würden. Als nun endlich alle Lichter ausgelöscht
und die Türen verschlossen wurden, mußte der Jäger zwar
fortfahren mit dem leeren Wagen, im Hause des Ministers
weckte er aber sogleich den Kammerdiener, und fragte, ob
denn ums Himmels willen und auf welche Art der Minister
nach Hause gekommen. »Se. Exzellenz«, erwiderte der Kammerdiener leise dem Jäger ins Ohr, »Se. Exzellenz sind
gestern eingetroffen in später Dämmerung, das ist ganz gewiß – liegen im Bette und schlafen. – Aber! – o mein guter
Jäger! – wie – auf welche Weise! – ich will Ihnen alles erzählen – doch Siegel auf den Mund – ich bin ein verlorner Mann,
wenn Se. Exzellenz erfahren, daß ich es war, auf dem finstern
Korridor! – ich komme um meinen Dienst, denn Se. Exzellenz sind zwar von kleiner Statur, besitzen aber außerordentlich viel Wildheit, alterieren sich leicht, kennen sich selbst
nicht im Zorn, haben noch gestern eine schnöde Maus, die
durch Sr. Exzellenz Schlafzimmer zu hüpfen sich unterfan-
gen, mit dem blank gezogenen Degen durch und durch gerannt. – Nun gut! – Also in der Dämmerung nehme ich mein
Mäntelchen um, und will ganz sachte hinüberschleichen ins
Weinstübchen zu einer Partie Tric-Trac, da schurrt und
schlurrt mir etwas auf der Treppe entgegen, und kommt mir
auf dem finstern Korridor zwischen die Beine und schlägt hin

auf den Boden und erhebt ein gellendes Katzengeschrei, und grunzt dann wie – o Gott – Jäger! – halten Sie das Maul, edler Mann, sonst bin ich hin! – kommen Sie ein wenig näher – und grunzt dann wie unsere gnädige Exzellenz zu grunzen pflegt, wenn der Koch die Kälberkeule verbraten oder ihm sonst im Staate was nicht recht ist.«

Die letzten Worte hatte der Kammerdiener dem Jäger mit vorgehaltener Hand ins Ohr gesprochen. Der Jäger fuhr zurück, schnitt ein bedenkliches Gesicht und rief: »Ist es möglich!« –

»Ja«, fuhr der Kammerdiener fort, »es war unbezweifelt unsere gnädige Exzellenz, was mir auf dem Korridor durch die Beine fuhr. Ich vernahm nun deutlich, wie der Gnädige in den Zimmern die Stühle heranrückte und sich die Türe eines Zimmers nach dem andern öffnete, bis er in sein Schlafkabinett angekommen. Ich wagt' es nicht nachzugehen, aber ein paar Stündchen nachher schlich ich mich an die Türe des Schlafkabinetts und horchte. Da schnarchten die liebe Exzellenz ganz auf die Weise, wie es zu geschehen pflegt, wenn Großes im Werke. – Jäger! es gibt mehr Dinge im Himmel und auf Erden, als unsere Weisheit sich träumt, das hört' ich einmal auf dem Theater einen melancholischen Prinzen sagen, der ganz schwarz ging und sich vor einem ganz in grauen Pappendeckel gekleideten Mann sehr fürchtete. – Jäger! – es ist gestern irgend etwas Erstaunliches geschehen, das die Exzellenz nach Hause trieb. Der Fürst ist bei dem Professor gewesen, vielleicht äußerte er das und das – irgend ein hübsches Reformchen – und da ist nun der Minister gleich drüber her, läuft aus der Verlobung heraus, und fängt an zu arbeiten für das Wohl der Regierung. – Ich hört's gleich am Schnarchen; ja Großes, Entscheidendes wird geschehen! – O Jäger – vielleicht lassen wir alle über kurz oder lang uns wieder die Zöpfe wachsen! – Doch, teurer Freund, lassen Sie uns hinabgehen und als treue Diener an der Türe des Schlafzimmers lauschen, ob Se. Exzellenz auch noch ruhig im Bette liegen und die inneren Gedanken ausarbeiten.«

Beide, der Kammerdiener und der Jäger, schlichen sich hin an die Türe und horchten. Zinnober schnurrte und orgelte und pfiff durch die wundersamsten Tonarten. Beide Diener standen in stummer Ehrfurcht, und der Kammerdiener sprach tief gerührt: »Ein großer Mann ist doch unser gnädiger Herr Minister!« –

Schon am frühsten Morgen entstand unten im Hause des Ministers ein gewaltiger Lärm. Ein altes erbärmlich in längst verblichenen Sonntagsstaat gekleidetes Bauerweib hatte sich ins Haus gedrängt und dem Portier angelegen, sie sogleich zu ihrem Söhnlein, zu Klein Zaches zu führen. Der Portier hatte sie bedeutet, daß Se. Exzellenz der Herr Minister von Zinnober, Ritter des grüngefleckten Tigers mit zwanzig Knöpfen, im Hause wohne, und niemand von der Dienerschaft Klein Zaches heiße oder so genannt werde. Da hatte das Weib aber ganz toll jubelnd geschrien, der Herr Minister Zinnober mit zwanzig Knöpfen das sei eben ihr liebes Söhnlein, der Klein Zaches. Auf das Geschrei des Weibes, auf die donnernden Flüche des Portiers war alles aus dem ganzen Hause zusammengelaufen und das Getöse wurde ärger und ärger. Als der Kammerdiener hinabkam, um die Leute auseinander zu jagen, die Se. Exzellenz so unverschämt in der Morgenruhe störten, warf man eben das Weib, die alle für wahnsinnig hielten, zum Hause heraus.

Auf die steinernen Stufen des gegenüberstehenden Hauses setzte sich nun das Weib hin, und schluchzte und lamentierte, daß das grobe Volk da drinnen sie nicht zu ihrem Herzens-Söhnlein, zu dem Klein Zaches, der Minister geworden, lassen wolle. Viele Leute versammelten sich nach und nach um sie her, denen sie immer und immer wiederholte, daß der Minister Zinnober niemand anders sei, als ihr Sohn, den sie in der Jugend Klein Zaches geheißen; so daß die Leute zuletzt nicht wußten, ob sie die Frau für toll halten, oder gar ahnen sollten, daß wirklich was an der Sache.

Die Frau wandte nicht die Augen weg von Zinnobers Fenster. Da schlug sie mit einem Mal eine helle Lache auf, klopfte die Hände zusammen und rief jubelnd überlaut: »Da ist er – da ist er, mein Herzensmännlein – mein kleines Koboldchen –

Guten Morgen Klein Zaches! – Guten Morgen Klein
Zaches!« – Alle Leute kuckten hin, und als sie den kleinen
Zinnober gewahrten, der in seinem gestickten Scharlach-
kleide, das Ordensband des grüngefleckten Tigers umgehängt, vor dem Fenster stand, das hinabging bis an den Fußboden, so daß seine ganze Figur durch die großen Scheiben
deutlich zu sehen, lachten sie ganz übermäßig und lärmten
und schrien: »Klein Zaches – Klein Zaches! Ha, seht doch den
kleinen geputzten Pavian – die tolle Mißgeburt – das Wurzelmännlein – Klein Zaches! Klein Zaches!« – Der Portier, alle
Diener Zinnobers rannten heraus, um zu erschauen, worüber
das Volk denn so unmäßig lache und jubiliere. Aber kaum
erblickten sie ihren Herrn, als sie noch ärger als das Volk im
tollsten Gelächter schrien: »Klein Zaches – Klein Zaches –
Wurzelmann – Däumling – Alraun!« –
Der Minister schien erst jetzt zu gewahren, daß der tolle Spuk
auf der Straße niemand anderm gelte, als ihm selbst. Er riß das
Fenster auf, schaute mit zornfunkelnden Augen herab,
schrie, raste, machte seltsame Sprünge vor Wut – drohte mit
Wache – Polizei – Stockhaus und Festung.
Aber je mehr die Exzellenz tobte im Zorn, desto ärger wurde
Tumult und Gelächter, man fing an mit Steinen – Obst –
Gemüse, oder was man eben zur Hand bekam, nach dem
unglücklichen Minister zu werfen – er mußte hinein! –
»Gott im Himmel«, rief der Kammerdiener entsetzt, »aus
dem Fenster der gnädigen Exzellenz kuckte ja das kleine
abscheuliche Ungetüm heraus – Was ist das? – wie ist der
kleine Hexenkerl in die Zimmer gekommen?« – Damit rannte
er hinauf, aber so wie vorher fand er das Schlafkabinett des
Ministers fest verschlossen. Er wagte leise zu pochen! – Keine
Antwort! –
Indessen war, der Himmel weiß, auf welche Weise, ein
dumpfes Gemurmel im Volke entstanden, das kleine lächerli-
che Ungetüm dort oben sei wirklich Klein Zaches, der den
stolzen Namen Zinnober angenommen und sich durch allerlei schändlichen Lug und Trug aufgeschwungen. Immer lauter und lauter erhoben sich die Stimmen. »Hinunter mit der

kleinen Bestie – hinunter – klopft dem Klein Zaches die Mini-
sterjacke aus – sperrt ihn in den Käficht – laßt ihn für Geld
sehen auf dem Jahrmarkt! – Beklebt ihn mit Goldschaum und
beschert ihn den Kindern zum Spielzeug! – Hinauf – hinauf!«
– Und damit stürmte das Volk an gegen das Haus.

Der Kammerdiener rang verzweiflungsvoll die Hände.
»Rebellion – Tumult – Exzellenz – machen Sie auf – retten Sie
sich!« – so schrie er; aber keine Antwort, nur ein leises Stöh-
nen ließ sich vernehmen.

Die Haustüre wurde eingeschlagen, das Volk polterte unter
wildem Gelächter die Treppe herauf.

»Nun gilt's«, sprach der Kammerdiener, und rannte mit aller
Macht an gegen die Türe des Kabinetts, daß sie klirrend und
rasselnd aus den Angeln sprang. – Keine Exzellenz – kein
Zinnober zu finden! –

»Exzellenz – gnädigste Exzellenz – vernehmen Sie denn nicht
die Rebellion? – Exzellenz – gnädigste Exzellenz, wo hat Sie
denn der – Gott verzeih' mir die Sünde, wo geruhen Sie sich
denn zu befinden!«

So schrie der Kammerdiener in heller Verzweiflung durch die
Zimmer rennend. Aber keine Antwort, kein Laut, nur der
spottende Widerhall tönte von den Marmorwänden. Zinnober schien spurlos, tonlos verschwunden. – Draußen war
es ruhiger geworden, der Kammerdiener vernahm die tiefe
klangvolle Stimme eines Frauenzimmers, die zum Volke
sprach, und gewahrte durchs Fenster blickend, wie die Menschen nach und nach leise miteinander murmelnd das Haus
verließen, bedenkliche Blicke hinaufwerfend nach den Fenstern.

»Die Rebellion scheint vorüber«, sprach der Kammerdiener,
»nun wird die gnädige Exzellenz wohl hervorkommen aus
ihrem Schlupfwinkel.«

Er ging nach dem Schlafkabinett zurück, vermutend, dort
werde der Minister sich doch wohl am Ende befinden.

Er warf spähende Blicke ringsumher, da wurde er gewahr,
wie aus einem schönen silbernen Henkelgefäß, das immer
dicht neben der Toilette zu stehen pflegte, weil es der Mini-

ster als ein teures Geschenk des Fürsten sehr wert hielt, ganz kleine dünne Beinchen hervorstarrten. –

»Gott – Gott«, schrie der Kammerdiener entsetzt, »Gott! – Gott! – täuscht mich nicht alles, so gehören die Beinchen dort Sr. Exzellenz dem Herrn Minister Zinnober, meinem gnädigen Herrn!« – Er trat hinan, er rief, durchbebt von allen Schauern des Schrecks, indem er herabschaute: »Exzellenz – Exzellenz – um Gott, was machen Sie – was treiben Sie da unten in der Tiefe!« –

Da aber Zinnober still blieb, sah der Kammerdiener wohl die Gefahr ein, in der die Exzellenz schwebte und daß es an der Zeit sei, allen Respekt bei Seite zu setzen. Er packte den Zinnober bei den Beinchen – zog ihn heraus! – Ach tot – tot war die kleine Exzellenz! Der Kammerdiener brach aus in lautes Jammern; der Jäger, die Dienerschaft eilte herbei, man rannte nach dem Leibarzt des Fürsten. Indessen trocknete der Kammerdiener seinen armen unglücklichen Herrn ab mit saubern Handtüchern, legte ihn ins Bette, bedeckte ihn mit seidenen Kissen, so daß nur das kleine verschrumpfte Gesichtchen sichtbar blieb.

Hinein trat nun das Fräulein von Rosenschön. Sie hatte erst, der Himmel weiß auf welche Art, das Volk beruhigt. Nun schritt sie zu dem entseelten Zinnober, ihr folgte die alte Liese, die kleinen Zaches leibliche Mutter. – Zinnober sah in der Tat hübscher aus im Tode, als er jemals in seinem ganzen Leben ausgesehen. Die kleinen Äugelein waren geschlossen, das Näschen sehr weiß, der Mund zum sanften Lächeln ein wenig verzogen, aber vor allen Dingen wallte das dunkelbraune Haar in den schönsten Locken herab. Über das Haupt hin strich das Fräulein den Kleinen, und in dem Augenblick blitzte in mattem Schimmer ein roter Streif hervor.

»Ha«, rief das Fräulein, indem ihr die Augen vor Freude glänzten, »ha, Prosper Alpanus! – hoher Meister, du hältst Wort! – Verbüßt ist sein Verhängnis und mit ihm alle Schmach!«

»Ach«, sprach die alte Liese, »ach du lieber Gott, das ist ja doch wohl nicht mein kleiner Zaches, so hübsch hat *der* niemals ausgesehen. Da bin ich doch nun ganz umsonst nach der Stadt gegangen und Ihr habt mir gar nicht gut geraten, mein gnädiges Fräulein!« –

»Murrt nur nicht, Alte«, erwiderte das Fräulein, »hättet Ihr nur meinen Rat ordentlich befolgt, und wäret Ihr nicht früher, als ich hier war, in dies Haus gedrungen, alles stünde für Euch besser. – Ich wiederhole es, der Kleine, der dort tot im Bette liegt, ist gewiß und wahrhaftig Euer Sohn, Klein Zaches!«

»Nun«, rief die Frau mit leuchtenden Augen, »nun wenn die kleine Exzellenz dort wirklich mein Kind ist, so erb' ich ja wohl all die schönen Sachen, die hier rings umherstehen, das ganze Haus mit allem, was drinnen ist?«

»Nein«, sprach das Fräulein, »das ist nun ganz und gar vorbei, Ihr habt den rechten Augenblick verfehlt, Geld und Gut zu gewinnen. – Euch ist, ich habe es gleich gesagt, Euch ist nun einmal Reichtum nicht beschieden.« –

»So darf ich«, fuhr die Frau fort, indem ihr die Tränen in die Augen traten, »so darf ich denn nicht wenigstens mein armes kleines Männlein in die Schürze nehmen und nach Hause tragen? – Unser Herr Pfarrer hat so viel hübsche ausgestopfte Vögelein und Eichkätzchen, der soll mir meinen Klein Zaches ausstopfen lassen, und ich will ihn auf meinen Schrank stellen, wie er da ist im roten Rock mit dem breiten Bande und dem großen Stern auf der Brust, zum ewigen Andenken!« –

»Das ist«, rief das Fräulein beinahe unwillig, »das ist ein ganz einfältiger Gedanke, das geht ganz und gar nicht an!« –

Da fing das Weib an zu schluchzen, zu klagen, zu lamentieren. »Was hab' ich«, sprach sie, »nun davon, daß mein Klein Zaches zu hohen Würden, zu großem Reichtum gelangt ist! – Wär' er nur bei mir geblieben, hätt' ich ihn nur aufgezogen in meiner Armut, niemals wär' er in jenes verdammte silberne Ding gefallen, er lebte noch, und ich hätt' vielleicht Freude und Segen von ihm gehabt. Trug ich ihn so herum in meinem Holzkorb, Mitleiden hätten die Leute gefühlt und mir manches schöne Stücklein Geld zugeworfen, aber nun –«

Es ließen sich Tritte im Vorsaal vernehmen, das Fräulein trieb

105

die Alte heraus, mit der Weisung, sie solle unten vor der Türe warten, im Wegfahren wolle sie ihr ein untrügliches Mittel vertrauen, wie sie all ihre Not, all ihr Elend mit einem Mal enden könne.

Nun trat Rosabelverde noch einmal dicht an den Kleinen heran, und sprach mit der weichen bebenden Stimme des tiefen Mitleids:

»Armer Zaches! – Stiefkind der Natur! – ich hatt' es gut mit dir gemeint! – Wohl mocht' es Torheit sein, daß ich glaubte, die äußere schöne Gabe, womit ich dich beschenkt, würde hineinstrahlen in dein Inneres, und eine Stimme erwecken, die dir sagen müßte: du bist nicht der, für den man dich hält, aber strebe nur an, es dem gleich zu tun, auf dessen Fittichen du Lahmer, Unbefiederter dich aufschwingst! – Doch keine innere Stimme erwachte. Dein träger toter Geist vermochte sich nicht emporzurichten, du ließest nicht nach in deiner Dummheit, Grobheit, Ungebärdigkeit – Ach! – wärst du nur ein geringes Etwas weniger, ein kleiner ungeschlachter Rüpel geblieben, du entgingst dem schmachvollen Tode! – Prosper Alpanus hat dafür gesorgt, daß man dich jetzt im Tode wieder dafür hält, was du im Leben durch meine Macht zu sein schienst. Sollt' ich dich vielleicht gar noch wiederschauen als kleiner Käfer – flinke Maus, oder behende Eichkatze, so soll es mich freuen! – Schlafe wohl, Klein Zaches!« –

Indem Rosabelverde das Zimmer verließ, trat der Leibarzt des Fürsten mit dem Kammerdiener hinein.

»Um Gott«, rief der Arzt, als er den toten Zinnober erblickte und sich überzeugte, daß alle Mittel ihn ins Leben zu rufen vergeblich bleiben würden, »um Gott, wie ist das zugegangen, Herr Kämmerer?«

»Ach«, erwiderte dieser, »ach lieber Herr Doktor, die Rebellion oder die Revolution, es ist all eins, wie Sie es nennen wollen, tobte und handtierte draußen auf dem Vorsaale ganz fürchterlich. Se. Exzellenz, besorgt um ihr teures Leben, wollten gewiß in die Toilette hineinflüchten, glitschten aus, und –«

»So ist«, sprach der Doktor feierlich und bewegt, »so ist er aus Furcht zu sterben gar gestorben!«

Die Türe sprang auf und hinein stürzte Fürst Barsanuph mit verbleichtem Antlitz, hinter ihm her sieben noch bleichere Kammerherrn.

»Ist es wahr, ist es wahr?« rief der Fürst; aber so wie er des Kleinen Leichnam erblickte, prallte er zurück und sprach, die Augen gen Himmel gerichtet, mit dem Ausdruck des tiefsten Schmerzes: »O Zinnober!« – Und die sieben Kammerherrn riefen dem Fürsten nach: »O Zinnober!« und holten, wie es der Fürst tat, die Schnupftücher aus der Tasche und hielten sie sich vor die Augen.

»Welch ein Verlust«, begann nach einer Weile des lautlosen Jammers der Fürst, »welch ein unersetzlicher Verlust für den Staat! – Wo einen Mann finden, der den Orden des grüngefleckten Tigers mit zwanzig Knöpfen mit *der* Würde trägt, als mein Zinnober! – Leibarzt, und Sie konnten mir *den* Mann sterben lassen! – Sagen Sie – wie ging das zu, wie mochte das geschehen – was war die Ursache – woran starb der Vortreffliche?« –

Der Leibarzt beschaute den Kleinen sehr sorgsam, befühlte manche Stellen ehemaliger Pulse, strich das Haupt entlang, räusperte sich und begann: »Mein gnädigster Herr! Sollte ich mich begnügen mit der Oberfläche zu schwimmen, ich könnte sagen, der Minister sei an dem gänzlichen Ausbleiben des Atems gestorben, dies Ausbleiben des Atems sei bewirkt durch die Unmöglichkeit Atem zu schöpfen, und diese Unmöglichkeit wieder nur herbeigeführt durch das Element, durch den Humor, in den der Minister stürzte. Ich könnte sagen, der Minister sei auf diese Weise einen humoristischen Tod gestorben, aber fern von mir sei diese Seichtigkeit, fern von mir die Sucht alles aus schnöden physischen Prinzipen erklären zu wollen, was nur im Gebiet des rein Psychischen seinen natürlichen unumstößlichen Grund findet. – Mein gnädigster Fürst, frei sei des Mannes Wort! – Den ersten Keim des Todes fand der Minister im Orden des grüngefleckten Tigers mit zwanzig Knöpfen!« –

»Wie«, rief der Fürst, indem er den Leibarzt mit zornglühenden Augen anfunkelte, »wie! – was sprechen Sie? – der Orden des grüngefleckten Tigers mit zwanzig Knöpfen, den der Selige zum Wohl des Staats mit so vieler Anmut, mit so vieler Würde trug? – *der* Ursache seines Todes? – Beweisen Sie mir das, oder – Kammerherrn, was sagt ihr dazu?«

»Er muß beweisen, er muß beweisen, oder« – riefen die sieben blassen Kammerherrn, und der Leibarzt fuhr fort:

»Mein bester gnädigster Fürst, ich werd' es beweisen, also kein *oder*! – Die Sache hängt folgendermaßen zusammen: Das schwere Ordenszeichen am Bande, vorzüglich aber die Knöpfe auf den Rücken, wirkten nachteilig auf die Ganglien des Rückgrats. Zu gleicher Zeit verursachte der Ordensstern einen Druck auf jenes knotige fadichte Ding zwischen dem Dreifuß und der obern Gekröspulsader, das wir das Sonnengeflecht nennen, und das in dem labyrinthischen Gewebe der Nervengeflechte prädominiert. Dies dominierende Organ steht in der mannigfaltigsten Beziehung mit dem Zerebralsystem, und natürlich war der Angriff auf die Ganglien auch diesem feindlich. Ist aber nicht die freie Leitung des Zerebralsystems die Bedingung des Bewußtseins, der Persönlichkeit, als Ausdruck der vollkommensten Vereinigung des Ganzen in einem Brennpunkt? Ist nicht der Lebensprozeß die Tätigkeit in beiden Sphären, in dem Ganglien- und Zerebralsystem? – Nun! genug, jener Angriff störte die Funktionen des psychischen Organism. Erst kamen finstre Ideen von unerkannten Aufopferungen für den Staat durch das schmerzhafte Tragen jenes Ordens usw., immer verfänglicher wurde der Zustand, bis gänzliche Disharmonie des Ganglien- und Zerebralsystems endlich gänzliches Aufhören des Bewußtseins, gänzliches Aufgeben der Persönlichkeit herbeiführte. Diesen Zustand bezeichnen wir aber mit dem Worte *Tod*! – Ja, gnädigster Herr! – der Minister hatte bereits seine Persönlichkeit aufgegeben, war also schon mausetot, als er hineinstürzte in jenes verhängnisvolle Gefäß. – So hatte sein Tod keine physische, wohl aber eine unermeßlich tiefe psychische Ursache.« –

108

»Leibarzt«, sprach der Fürst unmutig, »Leibarzt, Sie schwatzen nun schon eine halbe Stunde, und ich will verdammt sein, wenn ich eine Silbe davon verstehe. Was wollen Sie mit Ihrem Physischen und Psychischen?«

»Das physische Prinzip«, nahm der Arzt wieder das Wort, »ist die Bedingung des rein vegetativen Lebens, das psychische bedingt dagegen den menschlichen Organismus, der nur in dem Geiste, in der Denkkraft das Triebrad der Existenz findet.«

»Noch immer«, rief der Fürst im höchsten Unmut, »noch immer verstehe ich Sie nicht, Unverständlicher!«

»Ich meine«, sprach der Doktor, »ich meine, Durchlauchtiger, daß das Physische sich bloß auf das rein vegetative Leben ohne Denkkraft, wie es in Pflanzen stattfindet, das Psychische aber auf die Denkkraft bezieht. Da diese nun im menschlichen Organismus vorwaltet, so muß der Arzt immer bei der Denkkraft, bei dem Geist anfangen und den Leib nur als Vasallen des Geistes betrachten, der sich fügen muß, sobald der Gebieter es will.«

»Hoho!« rief der Fürst, »hoho Leibarzt, lassen Sie das gut sein! – Kurieren Sie meinen Leib, und lassen Sie meinen Geist ungeschoren, von dem habe ich noch niemals Inkommoditäten verspürt. Überhaupt Leibarzt, Sie sind ein konfuser Mann, und stünde ich hier nicht an der Leiche meines Ministers und wäre gerührt, ich wüßte was ich täte! – Nun Kammerherrn! vergießen wir noch einige Zähren hier am Katafalk des Verewigten und gehen wir dann zur Tafel.«

Der Fürst hielt das Schnupftuch vor die Augen und schluchzte, die Kammerherrn taten desgleichen, dann schritten sie alle von dannen.

Vor der Türe stand die alte Liese, welche einige Reihen der allerschönsten goldgelben Zwiebeln über den Arm gehängt hatte, die man nur sehen konnte. Des Fürsten Blick fiel zufällig auf diese Früchte. Er blieb stehen, der Schmerz verschwand aus seinem Antlitz, er lächelte mild und gnädig, er sprach: »Hab' ich doch in meinem Leben keine solche schöne

Zwiebeln gesehen, die müssen von dem herrlichsten Geschmack sein. Verkauft Sie die Ware, liebe Frau?«

»O ja«, erwiderte Liese mit einem tiefen Knicks, »o ja, gnädigste Durchlaucht, von dem Verkauf der Zwiebeln nähre ich mich dürftig, so gut es gehn will! – Sie sind süß wie purer Honig, belieben Sie, gnädigster Herr?«

Damit reichte sie eine Reihe der stärksten glänzendsten Zwiebeln dem Fürsten hin. Der nahm sie, lächelte, schmatzte ein wenig und rief dann: »Kammerherrn! geb' mir einer einmal sein Taschenmesser her.« Ein Messer erhalten, schälte der Fürst nett und sauber eine Zwiebel ab und kostete etwas von dem Mark.

»Welch ein Geschmack, welche Süße, welche Kraft, welches Feuer!« rief er, indem ihm die Augen glänzten vor Entzücken, »und dabei ist es mir, als säh' ich den verewigten Zinnober vor mir stehen, der mir zuwinkte und zulispelte: ›Kaufen Sie – essen Sie diese Zwiebeln, mein Fürst – das Wohl des Staats erfordert es!‹« – Der Fürst drückte der alten Liese ein paar Goldstücke in die Hand und die Kammerherrn mußten sämtliche Reihen Zwiebeln in die Taschen schieben. Noch mehr! – er verordnete, daß niemand anders die Zwiebellieferung für die fürstlichen Dejeuners haben sollte, als Liese. So kam die Mutter des Klein Zaches, ohne gerade reich zu werden, aus aller Not, aus allem Elend, und gewiß war es wohl, daß ihr ein geheimer Zauber der guten Fee Rosabelverde dazu verhalf.

Das Leichenbegängnis des Ministers Zinnober war eins der prächtigsten, das man jemals in Kerepes gesehen; der Fürst, alle Ritter des grüngefleckten Tigers folgten der Leiche in tiefer Trauer. Alle Glocken wurden gezogen, ja sogar die beiden Böller, die der Fürst behufs der Feuerwerke mit schweren Kosten angeschafft, mehrmals gelöst. Bürger – Volk – alles weinte und lamentierte, daß der Staat seine beste Stütze verloren und wohl niemals mehr ein Mann von dem tiefen Verstande, von der Seelengröße, von der Milde, von dem unermüdlichen Eifer für das allgemeine Wohl, wie Zinnober, an das Ruder der Regierung kommen werde.

In der Tat blieb auch der Verlust unersetzlich; denn niemals fand sich wieder ein Minister, dem der Orden des grüngefleckten Tigers mit zwanzig Knöpfen so an den Leib gepaßt haben sollte, wie dem verewigten unvergeßlichen Zinnober.

Letztes Kapitel

Wehmütige Bitten des Autors. – Wie der Professor Mosch Terpin sich beruhigte und Candida niemals verdrießlich werden konnte. – Wie ein Goldkäfer dem Doktor Prosper Alpanus etwas ins Ohr summte, dieser Abschied nahm und Balthasar eine glückliche Ehe führte.

Es ist nun an dem, daß der, der für Dich, geliebter Leser! diese Blätter aufschreibt, von Dir scheiden will, und dabei überfällt ihn Wehmut und Bangen. – Noch vieles, vieles wüßte er von den merkwürdigen Taten des kleinen Zinnober, und er hätte, wie er denn nun überhaupt zu der Geschichte aus dem Innern heraus unwiderstehlich angeregt wurde, wahre Lust daran gehabt, Dir, o mein Leser, noch das alles zu erzählen. Doch! – rückblickend auf alle Ereignisse, wie sie in den neun Kapiteln vorgekommen, fühlt er wohl, daß darin schon so viel Wunderliches, Tolles, der nüchternen Vernunft Widerstrebendes enthalten, daß er, noch mehr dergleichen anhäufend, Gefahr laufen müßte, es mit Dir, geliebter Leser, Deine Nachsicht mißbrauchend, ganz und gar zu verderben. Er bittet Dich in jener Wehmut, in jenem Bangen, das plötzlich seine Brust beengte, als er die Worte: Letztes Kapitel, schrieb, Du mögest mit recht heiterm unbefangenem Gemüt es Dir gefallen lassen, die seltsamen Gestaltungen zu betrachten, ja sich mit ihnen zu befreunden, die der Dichter der Eingebung des spukhaften Geistes, Phantasus geheißen, verdankt, und dessen bizarrem launischem Wesen er sich vielleicht zu sehr überließ. – Schmolle deshalb nicht mit beiden, mit dem Dichter und mit dem launischen Geiste! – Hast Du, geliebter Leser! hin und wieder über manches recht im Innern

gelächelt, so warst Du in *der* Stimmung, wie sie der Schreiber
dieser Blätter wünschte, und dann, so glaubt er, wirst Du ihm
wohl vieles zu Gute halten! –

Eigentlich hätte die Geschichte mit dem tragischen Tode des
kleinen Zinnober schließen können. Doch, ist es nicht anmutiger, wenn statt eines traurigen Leichenbegängnisses, eine
fröhliche Hochzeit am Ende steht?

So werde denn noch kürzlich der holden Candida und des
glücklichen Balthasars gedacht. –

Der Professor Mosch Terpin war sonst ein aufgeklärter, welt-
erfahrner Mann, der dem weisen Spruch: *Nil admirari*,
gemäß sich seit vielen vielen Jahren über nichts in der Welt zu
verwundern pflegte. Aber jetzt geschah es, daß er, all seine
Weisheit aufgebend, sich immer fort und fort verwundern
mußte, so daß er zuletzt klagte, wie er nicht mehr wisse, ob er
wirklich der Professor Mosch Terpin sei, der ehemals die
natürlichen Angelegenheiten im Staate dirigiert, und ob er
noch wirklich, Kopf in die Höhe, auf seinen lieben Füßen
einherspaziere.

Zuerst verwunderte er sich, als Balthasar ihm den Doktor
Prosper Alpanus als seinen Oheim vorstellte und dieser ihm
die Schenkungsurkunde vorwies, vermöge der Balthasar
Besitzer des eine Stunde von Kerepes entfernten Landhauses
nebst Waldung, Äcker und Wiesen wurde; als er in dem
Inventario, kaum seinen Augen trauend, köstliche Gerät-
schaften, ja Gold- und Silberbarren erwähnt gewahrte, deren Wert den Reichtum der fürstlichen Schatzkammer bei
weitem überstieg. Dann verwunderte er sich, als er den
prächtigen Sarg, in dem Zinnober lag, durch Balthasars
Lorgnette anschaute, und es ihm auf einmal war, als habe es
nie einen Minister Zinnober, sondern nur einen kleinen un-
geschlachten ungebärdigen Knirps gegeben, den man fälsch-
licherweise für einen verständigen, weisen Minister Zinnober
gehalten.

Bis auf den höchsten Grad stieg aber Mosch Terpins Verwunderung, als Prosper Alpanus ihn im Landhause umherführte,
ihm seine Bibliothek und andere sehr wunderbare Dinge

zeigte, ja selbst einige sehr anmutige Experimente machte mit seltsamen Pflanzen und Tieren.

Dem Professor ging der Gedanke auf, es sei wohl mit seinem Naturforschen ganz und gar nichts, und er säße in einer herrlichen bunten Zauberwelt wie in einem Ei eingeschlossen. Dieser Gedanke beunruhigte ihn so sehr, daß er zuletzt klagte und weinte wie ein Kind. Balthasar führte ihn sofort in den geräumigen Weinkeller, in dem er glänzende Fässer und blinkende Flaschen erblickte. Besser als in dem fürstlichen Weinkeller, meinte Balthasar, könne er hier studieren, und in dem schönen Park die Natur hinlänglich erforschen.

Hierauf beruhigte sich der Professor.

Balthasars Hochzeit wurde auf dem Landhause gefeiert. Er – die Freunde Fabian – Pulcher – alle erstaunten über Candidas hohe Schönheit, über den zauberischen Reiz, der in ihrem Anzuge, in ihrem ganzen Wesen lag. – Es war auch wirklich ein Zauber, der sie umfloß, denn die Fee Rosabelverde, die allen Groll vergessend der Hochzeit als Stiftsfräulein von Rosenschön beiwohnte, hatte sie selbst gekleidet und mit den schönsten herrlichsten Rosen geschmückt. Nun weiß man aber wohl, daß der Anzug gut stehen muß, wenn eine Fee dabei Hand anlegt. Außerdem hatte Rosabelverde der holden Braut einen prächtig funkelnden Halsschmuck verehrt, der eine magische Wirkung dahin äußerte, daß sie, hatte sie ihn umgetan, niemals über Kleinigkeiten, über ein schlecht genesteltes Band, über einen mißratenen Haarschmuck, über einen Fleck in der Wäsche oder sonst verdrießlich werden konnte. Diese Eigenschaft, die ihr der Halsschmuck gab, verbreitete eine besondere Anmut und Heiterkeit auf ihrem ganzen Antlitz.

Das Brautpaar stand im höchsten Himmel der Wonne, und – so herrlich wirkte der geheime weise Zauber Alpans – hatte doch noch Blick und Wort für die Herzensfreunde, welche versammelt. Prosper Alpanus und Rosabelverde, beide sorgten dafür, daß die schönsten Wunder den Hochzeitstag verherrlichten. Überall tönten aus Büschen und Bäumen süße Liebeslaute, während sich schimmernde Tafeln erhoben mit

113

den herrlichsten Speisen, mit Kristallflaschen belastet, aus denen der edelste Wein strömte, welcher Lebensglut durch alle Adern der Gäste goß.

Die Nacht war eingebrochen, da spannen sich feuerflammende Regenbogen über den ganzen Park, und man sah schimmernde Vögel und Insekten, die sich auf und ab schwangen, und wenn sie die Flügel schüttelten, stäubten Millionen Funken hervor, die in ewigem Wechsel allerlei holde Gestalten bildeten, welche in der Luft tanzten und gaukelten und im Gebüsch verschwanden. Und dabei tönte stärker die Musik des Waldes, und der Nachtwind strich daher, geheimnisvoll säuselnd und süße Düfte aushauchend.

Balthasar, Candida, die Freunde erkannten den mächtigen Zauber Alpans, aber Mosch Terpin halb berauscht, lachte laut, und meinte, hinter allem stecke niemand anders, als der Teufelskerl, der Operndekorateur und Feuerwerker des Fürsten.

Schneidende Glockentöne erhallten. Ein glänzender Goldkäfer schwang sich herab, setzte sich auf Prosper Alpanus' Schulter und schien ihm leise etwas ins Ohr zu sumsen.

Prosper Alpanus erhob sich von seinem Sitz und sprach ernst und feierlich: »Geliebter Balthasar – holde Candida – meine Freunde! – Es ist nun an der Zeit – Lothos ruft – ich muß scheiden.« –

Darauf nahte er sich dem Brautpaar und sprach leise mit ihnen. Beide, Balthasar und Candida, waren sehr gerührt, Prosper schien ihnen allerlei gute Lehren zu geben, er umarmte sie beide mit Inbrunst.

Dann wandte er sich an das Fräulein von Rosenschön und sprach ebenfalls leise mit ihr – wahrscheinlich gab sie ihm Aufträge in Zauber- und Feen-Angelegenheiten, die er willig übernahm.

Indessen hatte sich ein kleiner kristallner Wagen, mit zwei schimmernden Libellen bespannt, die der Silberfasan führte, aus den Lüften hinabgesenkt.

»Lebt wohl – lebt wohl!« rief Prosper Alpanus, stieg in den Wagen und schwebte empor über die flammenden Regenbo-

114

gen hinweg, bis sein Fuhrwerk zuletzt in den höchsten Lüften erschien wie ein kleiner funkelnder Stern, der sich endlich hinter den Wolken verbarg.

»Schöne Mongolfiere«, schnarchte Mosch Terpin, und versank von der Kraft des Weines übermannt in tiefen Schlaf.

– Balthasar, der Lehren des Prosper Alpanus eingedenk, den Besitz des wunderbaren Landhauses wohl nutzend, wurde in der Tat ein guter Dichter, und da die übrigen Eigenschaften, die Prosper rücksichts der holden Candida an dem Besitztum gerühmt, sich ganz und gar bewährten, Candida auch niemals den Halsschmuck, den ihr das Stiftsfräulein von Rosenschön als Hochzeitsgabe beschert, ablegte, so konnt' es nicht fehlen, daß Balthasar die glücklichste Ehe in aller Wonne und Herrlichkeit führte, wie sie nur jemals ein Dichter mit einer hübschen jungen Frau geführt haben mag –

So hat aber das Märchen von Klein Zaches genannt Zinnober nun wirklich ganz und gar ein fröhliches

Ende. = Ironie

Zur Textgestalt

Eine Handschrift von *Klein Zaches genannt Zinnober* ist nicht erhalten. Zu Hoffmanns Lebzeiten erschien nur ein Druck, der unserer Ausgabe als der allein maßgebliche zugrunde liegt:

> Klein Zaches genannt Zinnober. Ein Mährchen herausgegeben von E. T. A. Hoffmann. Berlin 1819. Bei Ferdinand Dümmler. – 8°. 231 S. und 1 S. Druckfehler, mit Umschlagzeichnungen von Hoffmann. [Im folgenden zit. als: EA.]

Die Orthographie wurde unter Wahrung des Lautstandes behutsam dem heutigen Gebrauch angeglichen. (Über Einzelheiten der Orthographie der EA vgl. Carl Georg von Maassen, *E.T.A. Hoffmanns Sämtliche Werke*, historisch-kritische Ausg., Bd. 4: *Seltsame Leiden eines Theater-Direktors, Klein Zaches genannt Zinnober*, 2., unveränd. Aufl., München/Leipzig 1912, S. 259 f.) Archaismen sowie veraltete Deklinationen (»solche herrliche tausendblättrige Rosen«) und Rektionen (»zeigte er sich als den herrlichsten Reiter«) blieben erhalten. Die Getrenntschreibung von Wortverbindungen, die man heute zusammenschreibt, wurde in vielen Fällen historisch belassen. Anführungszeichen bei direkter Rede, in der EA inkonsequent und nur gelegentlich verwendet, und bei Werktiteln wurden durchgehend gesetzt. Die Interpunktion folgt mit Ausnahme der Tilgung der Punkte nach der Kapitelnennung sowie der nachstehend verzeichneten Korrekturen der EA. Emphatische Hervorhebungen durch Sperrungen wurden, von der Lautmalerei abgesehen, kursiv wiedergegeben, ebenso hervorgehobene Fremdwörter, die innerhalb der Grundschrift der EA (Fraktur) in einer anderen Schrift (Antiqua) erscheinen. Das Kürzel *ꝛc.* für *etc.* wurde aufgelöst, offensichtliche Druckversehen der EA stillschweigend korrigiert. Darüber hinaus wurden folgende Textstellen geändert (die Ziffern verweisen auf die Seiten- und Zeilenzahl der vorliegenden Ausgabe):

6,28	schienen.] schienen
16,35	leichtsinnigen] leichtsinnigem
22,28	daß] das
22,29	das] daß
27,14	Fabian] Balthasar
31,31	au revoir] a Revoir
34,6	scheußlicheren] scheußliche
38,9	tapferer] tapfere
38,37	dem] den

118

40,7   Schon gut – schon gut] Schon – gut schon gut
42,12 beseelt.] beseelt
48,22 ihn] ihm
49,11 rief:] rief,
51,1   ihm] ihn
68,35 das] daß
72,23 die über] um über
76,21 umher.] umher
77,31 Ländchen.] Ländchen?
77,33 einführte?] einführte.
82,12 versagten.] versagten
86,29 phantastischste] fantastischte
88,9   ein- –] ein –
93,35 nicht,] nicht
93,36 den] nicht den
97,33 mir] mich
101,4 gnädiger] gnädige
108,17 prädominiert.] prädominirt

Das erste Kapitel erschien im Januar 1819, als auch die EA ausgeliefert wurde, in der von Georg Lotz herausgegebenen Monatsschrift *Flora* (Jg. 2, H. 1, S. 51–75) unter dem Titel »Erstes Kapitel aus Klein Zaches, genannt Zinnober, einem noch ungedruckten Mährchen von E. T. A. Hoffmann. (Verfasser der Phantasiestücke usw.)«. Dieser Teildruck wurde, wie in den bisherigen Ausgaben, für die Erstellung des Textes mit einer Ausnahme (16,35 *leichtsinnigem* > *leichtsinnigen*) nicht herangezogen. Doch werden von den knapp vierzig Abweichungen zwischen EA und Teildruck im folgenden diejenigen aufgeführt, die die Interpunktion und den Wortlaut betreffen:

6,7   Nein nein] Nein, nein
6,22   aussah wie] aussah, wie
6,30   gesunken war und] gesunken war, und
7,6   feindselige] feindliche
7,25   beißen, *die* sprach aber] beißen; *die* sprach aber
7,26   Ruhig ruhig] Ruhig, ruhig
9,36f. Freude ihn zu erziehen wie] Freude, ihn zu erziehen, wie
10,18 Knirps] Krips
11,25 schon so lange als] schon so lange, als
11,27 nicht hübscher als eben jetzt] nicht hübscher, als eben jetzt
11,34 mit den Blumen, deren] mit Blumen, deren
12,4f. aus den Quellen] aus Quellen
12,29f. jene Weise und] jene Weise, und
13,11 Hagelwolken] Hagelwetter
14,8   worin sich das alles begab] worin sich alles begab

14,13 f. lustig plätschernden] lustigen plätschernden
14,20 Regierung, und] Regierung und
17,5 Tausend und Einer Nacht] Tausend und Eine Nacht
18,2 führte] führete

Abbildungsnachweis

Vordere (S. 3) und hintere (S. 117) Umschlagzeichnung zur 1819 bei
Ferdinand Dümmler in Berlin erschienenen Erstausgabe von *Klein
Zaches*. Sepiadruck nach einem Entwurf von Hoffmann, 1818. –
Mit Genehmigung des Schiller-Nationalmuseums, Marbach am
Neckar.

Nachwort*

Für Peter Pütz

> »[...] sei wenigstens nachgiebig genug, dem
> Dinge, das du wunderlich toll nennst, eine kalei-
> doskopische Natur einzuräumen, nach welcher
> die heterogensten Stoffe willkürlich durcheinan-
> dergeschüttelt, doch zuletzt artige Figuren bil-
> den.«[1]

1

Am 24. Januar 1819 übersandte E. T. A. Hoffmann die soeben erschienene Erzählung *Klein Zaches genannt Zinnober*
dem Grafen Pückler-Muskau mit der Bitte um »Protektion«
für diesen seinen »humoristischen Wechselbalg«.[2] Obwohl
die zeitgenössische Kritik in der Folge teilweise mit Zustim-
mung reagierte, bedurfte das Werk, das Hoffmann selbst
auch als »superwahnsinniges Buch« bezeichnete,[3] durchaus
solcher Protektion. In den *Heidelberger Jahrbüchern der
Literatur* verbreitete sich ein anonymer Rezensent 1819 über
»Herrn Hoffmanns geistreiche Geschicklichkeit, auch den
verworrensten Träumen einer beynah fieberhaften Phantasie
Gestalt und wenigstens einen Anstrich von Wahrheit zu
geben«; sie habe in *Klein Zaches* »vielleicht [...] den Gipfel
des bisher Geleisteten erreicht«. Diesem Urteil ließ der
Anonymus die nicht minder distanzierte Einschätzung folgen, die Szenen in Prospers »Zauberpalast« seien »nicht ganz

---

* Erweiterte Fassung eines Vortrags an den Universitäten Amiens, Montréal
(McGill) und Toronto. Eine erste Fassung erschien in französischer Sprache
unter dem Titel »›Ce fameux ministre Cinabre dont la vivante copie est à côté de
nous‹ – E. T. A. Hoffmann: histoire et discours fantastique«, in: Jean Bessière
(Hrsg.), *Récit et histoire*, Paris: Presses Universitaires de France, 1984,
S. 229–242.
1 E. T. A. Hoffmann, *Die Serapions-Brüder*, München 1965, S. 599.
2 *E. T. A. Hoffmanns Briefwechsel*, hrsg. von Hans v. Müller und Friedrich
Schnapp, 3 Bde., München 1967–69, Bd. 2, S. 193.
3 Ebd., S. 199 (Brief an Kralowsky vom 5. Februar 1819).

originel«, da sie auf die Feenmärchen der Mme d'Aulnoy und die Erzählungen aus *1001 Nacht* zurückgingen.[4] Schärfer noch, verständnisloser urteilte im Juni 1820 der mit »F-s« zeichnende Kritiker der *Jenaischen Allgemeinen Literatur-Zeitung*, hinter dem sich kein anderer verbarg als Julius Graf von Soden, Hoffmanns Gönner aus der Bamberger Zeit:[5] »Auch das *Mährchen* besitzt kein dauerndes Interesse, wenn es nicht irgendeine Sittenlehre oder philosophische Wahrheit einhüllt. Das können wir aber bei diesem *Zinnober* nicht finden.«[6] Hoffmann hat auf diese Kritiken mit Zorn reagiert, um so mehr, als er zurecht glauben durfte, mit *Klein Zaches* eines seiner besten Werke seit dem *Goldnen Topf* geschrieben zu haben. Im Vorwort der 1820 erschienenen *Prinzessin Brambilla* verwahrte er sich mit knappen, doch programmatisch gewichtigen Äußerungen: »Das Märchen Klein Zaches, genannt Zinnober [...] enthält nichts weiter, als die lose, lockre Ausführung einer scherzhaften Idee. Nicht wenig erstaunte indessen der Autor, als er auf eine Rezension stieß, in der in dieser zu augenblicklicher Belustigung ohne allen weitern Anspruch leicht hingeworfene Scherz, mit ernsthafter wichtiger Miene zergliedert und sorgfältig jeder Quelle erwähnt wurde, aus der der Autor geschöpft haben sollte [...]. Um nun jedem Mißverständnis vorzubeugen, erklärt der Herausgeber dieser Blätter im voraus, daß ebensowenig, wie Klein-Zaches, die Prinzessin Brambilla ein Buch ist für Leute, die alles gern ernst und wichtig nehmen [...]. Wagt es der Herausgeber an jenen Ausspruch Carlo Gozzis [...] zu erinnern, nach welchem ein ganzes Arsenal von Ungereimtheiten und Spukereien nicht hinreicht, dem Märchen Seele zu schaffen, die es erst durch den tiefen Grund, durch die aus irgendeiner philosophischen Ansicht des Lebens geschöpfte

---

4 *Heidelberger Jahrbücher der Literatur*, 1819, S. 908.
5 Vgl. Hartmut Steinecke, »›Der beliebte, vielgelesene Verfasser ...‹ Über die Hoffmann-Kritiken im ›Morgenblatt für gebildete Stände‹ und in der ›Jenaischen Allgemeine Literatur-Zeitung‹«, in: *Mitteilungen der E.T.A. Hoffmann-Gesellschaft* 17 (1971) S. 11 f.
6 *Jenaische Allgemeine Literatur-Zeitung*, Juni 1820, S. 431.

Hauptidee erhält, so möge das nur darauf hindeuten, was er gewollt, nicht was ihm gelungen.«[7] Die Widersprüchlichkeit dieser Äußerungen löst sich auf, sobald man erkennt, daß im »leicht hingeworfenen Scherz« selbst die »Hauptidee«, in der »Hauptidee« der »leicht hingeworfene Scherz« zu suchen ist. Für *Klein Zaches* mit seinem – im Verhältnis zum *Goldnen Topf* und der *Prinzessin Brambilla* – nurmehr rudimentär geschichtsphilosophisch-mythologischen Apparat bedeutet dies, jener Gabe der Fee Rosabelverde nachzufragen, mit deren Hilfe Zaches zum Minister Zinnober aufsteigt. Prosper Alpanus, Rosabelverdes Gegenspieler, definiert sie als eine Kraft, »vermöge« der alles, was in Zaches' Gegenwart »irgend ein anderer Vortreffliches denkt, spricht oder tut, auf *seine* Rechnung kommen, ja daß er in der Gesellschaft wohlgebildeter, verständiger, geistreicher Personen auch für wohlgebildet, verständig und geistreich geachtet werden und überhaupt allemal für den vollkommensten der Gattung, mit der er im Konflikt, gelten muß« (S. 84).

2

Mit ihrer Gabe an Klein Zaches, den körperlich wie geistig mißgestalteten Jungen einer armen Bäuerin, verbindet die Fee die Absicht, daß die äußere Anerkennung läuternd auf sein Inneres zurückwirken und er das Lob im nachhinein durch eigene Anstrengung verdienen möge. Diese Hoffnung stellt sich als trügerisch heraus. Zwar spricht die verblendete Gesellschaft des Hofes, der Stadt und der Universität, wie zuvor schon der Landpfarrer, Zaches tatsächlich all die Talente und Fähigkeiten zu, die andere in seiner Gegenwart zeigen (Candida dankt ihm mit einem Kuß für Balthasars Gedicht, der Geiger Sbiocca sieht sich um den Beifall für sein virtuoses Spiel betrogen, dem Referendar Pulcher werden die schlechten Prüfungsleistungen des Zaches zugeschrieben, der seinerseits die Früchte von Pulchers Fleiß erntet, usw.); doch

---

7 *Späte Werke*, München 1965, S. 211.

geht von der allgemeinen Anerkennung keine sittlich belebende Wirkung auf den Mißratenen aus. Folgerichtig spricht Hoffmann ihm die emphatisch verstandene Qualität des Menschlichen ab,[8] indem er ihn, teils metaphorisch, teils wörtlich, ins Reich des Animalischen, ja des Vegetabilischen verweist. Zunächst in Balthasar, dem er Candida raubte, dann in einer wachsenden Anzahl anderer Betrogener entsteht dem immer mächtiger werdenden und schließlich zum Minister beförderten Emporkömmling eine Gegenpartei, die in Prosper Alpanus ihren väterlich-rätselhaften Ratgeber findet. Prosper ergründet die Ursache von Zinnobers Erfolg, besiegt Rosabelverde im phantastischen Zweikampf und gibt Balthasar die Mittel zur Entzauberung an die Hand. Diese Entzauberung gelingt, und die bevorstehende Verlobung Candidas mit dem Minister kann verhindert werden. Auf dem Totenbett freilich erkennen fast alle, einem Versprechen Prospers gegenüber der Fee gemäß, in Zaches wieder Zinnober, und das happy end zwischen dem Dichter Balthasar und der prosaisch-handfesten Candida kann nicht darüber hinwegtäuschen, daß in der Gesellschaft, in der ein Zaches Karriere machen konnte, alles unverändert zum Schlechtesten steht.

Zaches' sozialer Magnetismus – ein »leicht hingeworfener Scherz« und ineins damit die »aus irgendeiner philosophischen Ansicht des Lebens geschöpfte Hauptidee«? Durch Hitzig ist bezeugt, daß die phantastische Feengabe entstehungsgeschichtlich den Kern des »Märchens« bildet,[9] als das Hoffmann seine Erzählung im Untertitel bezeichnete. Die Feengabe steht zugleich im Zentrum des vollendeten Werkes, folgt dessen Handlung doch dramatisch-konsequent den Etappen der Verblendung, Entzauberung und neuerlichen

---

8 Prosper bezeichnet ihn ausdrücklich als »gewöhnlichen Menschen« (S. 64), allein Zinnobers Menschlichkeit in einem ausgezeichneten Sinne steht also zur Diskussion.
9 *Aus Hoffmann's Leben und Nachlaß*, hrsg. von dem Verfasser des Lebens-Abrisses Friedrich Ludwig Zacharias Werners [d. i. Eduard Hitzig], 2 Bde., Berlin 1823, Bd. 2, S. 138.

Täuschung. Hoffmann gelingt es, die Wirkung von Rosabelverdes Zauber in einem breiten Spektrum politischer, gesellschaftlicher und erotischer Täuschung bildhaft-eindringlich
und in differenzierter Komik zu entwickeln. Die Gefahr
mechanischer Wiederholung vermeidet er dadurch, daß er
seine Figuren sehr unterschiedlich auf den Betrug reagieren
läßt. Zwischen der kleinen Zahl derer, die sich zu keinem
Zeitpunkt täuschen lassen (Balthasar, Prosper Alpanus, auch,
von einem kurzen Zögern angesichts des verklärten Toten
abgesehen, Liese, Zaches' Mutter), und der weitgehend gesichtslosen Masse jener, die selbst aus Zaches' Entzauberung
nichts zu lernen vermögen, stehen Gestalten wie Fabian (der
sich zunächst nicht, dann doch, schließlich endgültig nicht
mehr blenden läßt), Mosch Terpin (der, als ihm die Anerkennung für sein Experiment gestohlen wird, den Diebstahl
durchschaut, sich dann aber opportunistisch anpaßt, um
schließlich dem Trug zu erliegen) und Candida (die zurückblickend erzählt, in Zaches, für den sie sich, einer unheilvollen Kraft folgend, entschied, habe sie dumpf doch immer nur
Balthasar gesehen, sie habe den »Unhold« nur »um Balthasars
willen« geliebt; S. 97). Der »leicht hingeworfene Scherz«
erwies sich als erzählerisch ausgesprochen ergiebig. Wie aber
steht es um den Bedeutungsgehalt, die »Hauptidee«?
In dem Fürstentum, in dem Zaches mit Hilfe des Zaubers
zum Minister aufsteigt, wurde vom Vorgänger des regierenden Herrschers auf Anraten eines Kammerdieners die »Aufklärung« eingeführt. »Ehe wir mit der Aufklärung vorschreiten«, hatte Andres seinem Herrn Paphnutius empfohlen,
»d. h. ehe wir die Wälder umhauen, den Strom schiffbar
machen, Kartoffeln anbauen, die Dorfschulen verbessern,
Akazien und Pappeln anpflanzen, die Jugend ihr Morgen-
und Abendlied zweistimmig absingen, Chausseen anlegen
und die Kuhpocken einimpfen lassen, ist es nötig, alle Leute
von gefährlichen Gesinnungen, die keiner Vernunft Gehör
geben und das Volk durch lauter Albernheiten verführen, aus
dem Staate zu verbannen« (S. 15 f.). Die solchermaßen gewaltsam durchgesetzte »Vernunft« bricht mit der paradiesischen

125

Vorzeit, in der die Menschen »frei von jeder drückenden Bürde« lebten (S. 14). Sie führt einen Staat herauf, in dem die arbeitende Bevölkerung von parasitären Machthabern beherrscht wird, wobei der Wissenschaft der Beweis obliegt, »daß ohne des Fürsten Willen es niemals donnern und blitzen müsse, und daß wir schönes Wetter und eine gute Ernte einzig und allein seinen und seiner Noblesse Bemühungen zu verdanken, die in den innern Gemächern darüber sehr weise beratschlagt, während das gemeine Volk draußen auf dem Acker gepflügt und gesäet« (S. 77 f.). Es bedarf gar nicht erst des Wunders einer Feengabe, damit ein Mensch sich die Früchte der Arbeit eines anderen aneignet; das Wunderbare solcher Enteignung ist alltägliche Wirklichkeit. Die Szene, in der Zaches von Mondscheins Mémoire profitiert, der seinerseits Adrian für sich hatte arbeiten lassen, gibt die Mißgeburt als Inkarnation realer Ausbeutung zu erkennen.[10]

Man hat verschiedentlich dafür plädiert, die Konstruktion einer auf die Sicherung autoritärer Herrschaft verpflichteten »Vernunft« als Kritik Hoffmanns am aufgeklärten Absolutismus zu lesen, wie er in Preußen in den Stein-Hardenbergschen Reformen ausgeprägt wurde.[11] Diese Lesart der in Zaches verkörperten destruktiven Kräfte ist statthaft (sie trifft den Text), doch nur eine mögliche unter anderen (sie trifft ihn nur teilweise). Der neuzeitliche Rationalismus, der die Aufklärung wesentlich bestimmte, hat sich mit den gesellschaftlichen Machthabern nicht erst im aufgeklärten, sondern durchaus schon im klassischen Absolutismus verbunden, der unmöglich mit der im ersten Kapitel geschilderten Vorzeitidylle gemeint sein kann (in ihr wird überhaupt nicht auf eine historische Epoche hingedeutet,[12] sondern das geschichtsphilo-

10 Ein wesentlicher Begriff des Textes ist »Arbeit«; er macht deutlich, in welche Richtung Hoffmann die romantische Philisterkritik entwickelt.
11 Jürgen Walter, »E. T. A. Hoffmanns Märchen ›Klein Zaches genannt Zinnober‹. Versuch einer sozialgeschichtlichen Interpretation«, in: *Mitteilungen der E. T. A. Hoffmann-Gesellschaft* 19 (1973) S. 27–45; wiederabgedr. in [und zit. nach]: Helmut Prang (Hrsg.), *E. T. A. Hoffmann*, Darmstadt 1976 (Wege der Forschung, 186), S. 398–423.
12 Annahme Walters, vgl. Prang (Anm. 11) S. 404.

sophische Konstrukt eines harmonischen Urzustandes *zitiert*, der frühromantisches Gemeingut war). An den klassischen Absolutismus fühlt man sich etwa durch die genealogische Wichtigtuerei des Barons Prätextatus von Mondschein erinnert (welch herrlicher Name!) oder durch die Szene, die den selbstherrlichen Duodezfürsten Barsanuph am Totenbett Zinnobers zeigt. Und als eine Kritik am Legitimitätsdenken überhaupt hat nicht zu Unrecht auch jener anonyme Zeitgenosse *Klein Zaches* gelesen, der in seiner Rezension als »geistreichen Zug« hervorhob, daß Zinnober »nicht gar Fürst« wird: »denn Zinnobers Zaubergabe besitzen die Fürsten auch; die Fee Legitima beschenkt sie damit in der Wiege«.[13] Indem Hoffmann Zaches' unseligen Trick nicht allein im eingeschränkten Zusammenhang einer bestimmten politischen Formation, sondern als durchgängigen gesellschaftlichen Mechanismus wirksam werden läßt, vermag er seinem Werk selbst noch eine in die Zukunft gerichtete Perspektive einzuschreiben. In *Klein Zaches*, einer Lieblingslektüre von Marx[14], ist, wie Hans Mayer formulierte, in der personalen Scheidung von »Produktion« und »Verwertbarkeit« einer Leistung auch der Kern kapitalistischer Ausbeutung getroffen.[15] Prinzipiell liegt es in der Natur solcher Phantastik, daß die Reihe möglicher Lesarten unabgeschlossen bleibt wie die Geschichte selbst.[16] Noch in sozialistischen Ländern dürfte sich Hoffmanns Werk als kritische Kontrebande breiter Wertschätzung erfreuen. Keineswegs eindeutig sind auch die Angriffe gegen die Wissenschaft und ihre Vertreter. Zielt Hoffmann kritisch auf eine »Kompendiengelehrsamkeit des bloßen Registrierens«[17] und

---

13 *Literaturblatt* zum *Morgenblatt für gebildete Stände*, Dezember 1819, S. 218.

14 Karl Marx / Friedrich Engels, *Über Kunst und Literatur*, Bd. 1, Berlin [Ost] 1967, S. 38.

15 Hans Mayer, »Die Wirklichkeit E. T. A. Hoffmanns«, in: H. M.: *Von Lessing bis Thomas Mann. Wandlungen der bürgerlichen Literatur in Deutschland*, Pfullingen 1959, S. 225.

16 Weitere Lesarten bei Ernst von Schenck, *E. T. A. Hoffmann. Ein Kampf um das Bild des Menschen*, Berlin 1939, S. 76, 100, 111 f., 120 ff.

17 Müller-Seidel im Nachwort zu: *Späte Werke* (Anm. 7) S. 830.

auf den Typ des Wissenschaftlers, der sich im Dienst der Herrschenden prostituiert[18]? Zielt er, weitergehend, auf Schwächen des mechanistischen Materialismus seiner Zeit, indem er das »natürliche Wunderbare«[19] geltend macht? Oder, noch grundsätzlicher, auf die neuzeitliche (Natur-) Wissenschaft bzw. die von ihr wesentlich geprägte Aufklärung[20]? Das erste ist unstreitig der Fall, wie Mosch Terpins eitles Rubrizieren, seine betrügerischen Pseudoerklärungen und sein gewalttätig-gefräßiger Umgang mit der Natur bezeugen. Auch das zweite dürfte zutreffen, weisen doch Balthasars Worte vom wunderbaren Wachstum der Samenkörner und der unnachahmlichen Schönheit natürlicher Formen (S. 51) auf die Grenzen einer anschauungsfeindlichen, mathematisch-mechanischen Welterklärung hin. Schwieriger ist die Beantwortung der dritten Frage. Balthasar spricht von den »allerverwunderlichsten Schriftzügen« der Blätter und Flügel: »kein Teufel von Schreibmeister kann die schmucke Kurrentschrift lesen, geschweige denn nachschreiben! [...] es geht in meinem Innern zuweilen Absonderliches vor! [...] eine seltsame Stimme flüstert, ich sei selbst ein Wunder, der Zauberer Mikrokosmos hantiere in mir und treibe mich an zu allerlei tollen Streichen! [...] dann laufe ich fort und schaue hinein in die Natur, und verstehe alles, was die Blumen, die Gewässer zu mir sprechen, und mich umfängt selige Himmelslust!« (S. 51 f.). Im Vergleich zu Novalis' hermeneutischer Metaphorik[21] wirkt die Hoffmanns undogmatisch, ja zitat-

18 Walter (Anm. 11) S. 410 ff.

19 Thomas Cramer, *Das Groteske bei E.T.A. Hoffmann*, München ²1970, S. 95.

20 Heidemarie Kesselmann, »E.T.A. Hoffmann, ›Klein Zaches‹. Das phantastische Märchen als Möglichkeit der Wiedergewinnung einer geschichtlichen Erkenntnisdimension«, in: *Literatur für Leser* 1978, S. 114–129; Horst Fritz, *Instrumentelle Vernunft als Gegenstand von Literatur. Studien zu Jean Pauls »Dr. Katzenberger«, E.T.A. Hoffmanns »Klein Zaches«, Goethes »Novelle« und Thomas Manns »Zauberberg«*, München 1982.

21 Vgl. etwa den Beginn der *Lehrlinge zu Sais*, wo von Natur als »Chiffernschrift« gesprochen wird. (Novalis, *Gedichte. Die Lehrlinge zu Sais*, hrsg. von Johannes Mahr, Stuttgart 1984, Reclams Universal-Bibliothek, 7991 [4], S. 61.)

haft; nicht der Erzähler spricht, sondern eine der Figuren, und die darf noch weniger als unverstellte Stimme des Autors mißverstanden werden. Wir werden gewarnt, das Zitierte wörtlich als Beleg gegen die in Wissenschaft und Aufklärung tätige Vernunft zu lesen. Hoffmann geht es nicht um eine Zurückweisung des *Wahrheits-*, sondern um eine Kritik des *Geltungsanspruchs* neuzeitlicher Rationalität. Wenn er den Geographen Ptolomäus Philadelphus seine allernächste Umgebung verkennen, den Professor der Ästhetik in anbiedernde Plumpheit verfallen, Mosch Terpin gar im Weinkeller verkommen läßt, so kritisiert er nicht die Ergebnisse positiver Wissenschaft, sondern den Anspruch, durch Wissenschaft allein ein gerechtes, vernünftiges und niveauvolles Leben zu begründen. Insbesondere kritisiert er Dünkel und Hybris, die sich aus Wissenschaft nähren. Dies ist der Sinn jener anscheinend unbilligen Verwischung der Grenzen zwischen klassifizierendem Wissen, tautologischem Unsinn und betrügerischer Manipulation, wie sie in Mosch Terpins Charakterisierung eingehen. Balthasar: »Die Art, wie der Professor über die Natur spricht, zerreißt mein Inneres. Oder vielmehr mich faßt dabei ein unheimliches Grauen, als säh' ich den Wahnsinnigen, der in geckenhafter Narrheit König und Herrscher ein selbst gedrehtes Strohpüppchen liebkost, wähnend, die königliche Braut zu umhalsen! Seine sogenannten Experimente kommen mir vor wie eine abscheuliche Verhöhnung des göttlichen Wesens, dessen Atem uns in der Natur anweht und in unserm innersten Gemüt die tiefsten heiligsten Ahnungen aufregt. Oft gerat' ich in Versuchung, ihm seine Gläser, seine Phiolen, seinen ganzen Kram zu zerschmeißen, dächt' ich nicht daran, daß der Affe ja nicht abläßt mit dem Feuer zu spielen, bis er sich die Pfoten verbrennt.« (S. 26.) Im besten Fall vermag wissenschaftliche Erkenntnis vom Ganzen des Menschen und der Welt jeweils nur einen zuvor definierten – »begrenzten« – Bereich und auch ihn nur perspektivisch beschränkt zu erfassen. Wo sie hochmütig wähnt, über Mensch und All zu verfügen, ist ihre Korruption durch die gesellschaftlichen Machthaber von Anfang an vorgezeichnet.

Die Behauptung einer grundsätzlichen Affinität zwischen partikularer Ratio und gesellschaftlicher Unterdrückung entspringt in *Klein Zaches* nicht aus einer *objektiv* gegenaufklärerischen Position.[22] Denn für die genuine Aufklärung war die Selbstreflexion, mithin auch die Reflexion der Grenzen der Ratio, ebenso konstitutiv[23] wie für Hoffmann die Absage an den christlichen Dogmatismus, das gebrochene Verhältnis zu den romantischen Heilsverkündigungen und die spezifisch aufklärerische Wertschätzung des »Selbstdenkens«.[24] Damit sei nicht bestritten, daß E. T. A. Hoffmann *subjektiv* kritisch auf die Aufklärung zielte, die in seinen Freundeskreisen wenig mehr als einen utilitaristisch borniertes Rationalismus bedeutet haben wird. Ob er damit den Verdiensten eines Nicolai, der bête noire der Romantiker, gerecht wurde, darf man bezweifeln.[25] Kaum aber anzuzweifeln ist das genuin Kritische – Aufklärerische – des eigenen Ausgangspunktes: In der Tradition der Aufklärung stehend und zugleich im souveränen Spiel mit romantischen Versatzstücken kritisiert Hoffmann, die aus der Erfahrung des Faschismus entwickelte »Dialektik der Aufklärung« vorwegnehmend,[26] die Geltungsansprüche eines blinden Rationalismus. Er deutet auf dessen notwendiges Umschlagen in eine sehr viel effektivere bzw. subtilere Entmündigung hin als die, die in vorwissenschaftlichen Gesellschaften geherrscht hatte. Er kommt in die Nähe jenes Goethe zu stehen, der gegen die mathematische Physik Newtons das Recht der Anschauung auch in der Naturwissenschaft zu behaupten suchte, und in die Nähe seines Freundes Chamisso, dessen Schlemihl die Bescheidenheit des wahren Forschers angesichts der Natur mit entsa-

22 Dies behauptet u. a. Walther Harich in: E. T. A. Hoffmann, *Dichtungen und Schriften sowie Briefe und Tagebücher*, hrsg. von W. H., 15 Bde., Weimar 1924, Bd. 3, S. XI.
23 Vgl. etwa das zweite Kapitel, »Aufklärung wird Problem«, in Peter Pütz' *Die deutsche Aufklärung*, Darmstadt ²1979.
24 Man vergleiche nur Fabians Verfolgung durch die etablierte Wissenschaft (S. 90 ff.).
25 Für diesen Hinweis danke ich Hans Eichner.
26 Vgl. Fritz (Anm. 20) S. 64.

gungsvoller mitmenschlicher Fürsorge verbindet (Chamisso, Poet und Naturforscher, glaubte sich vermutlich auch in Balthasar porträtiert[27]). Gerade weil die deutsche Geschichte Anlaß zu Skepsis gegenüber irrationalen Strömungen gibt, sollte man nicht übersehen, daß Hoffmann einen genetischen Zusammenhang zwischen verabsolutierter Ratio und der Rache des Verdrängten behauptet. Nicht der nüchternen Wissenschaft eines Schlemihl/Chamisso gilt sein Kampf, sondern jenem »mélange de Huron et de professeur de sciences exactes«, als den Edmond de Goncourt 1870 die Preußen charakterisierte[28]. Weiterem Nachdenken kann überlassen bleiben, das spezifisch Deutsche in Hoffmanns Wissenschaftskritik zu bedenken. Daß sie, gewiß nicht nur für Deutschland, unverändert aktuell ist, darauf deutet Nicolas Borns prägnant formulierter Vorwurf gegen eine rein technokratische Naturwissenschaft hin: »Ahnung nicht, nur Wissen«.[29] Er verleiht heute allgemein geteilten Befürchtungen Ausdruck, die Hoffmann als einer der ersten artikulierte.
Der Glaube an ein unbegrenztes Planen und Verfügen wird nicht allein in Mosch Terpin angegriffen, dessen parasitäre Existenz ein realistisches Gegenstück – nicht das einzige – zum phantastischen Titelhelden darstellt. Auch in der Feengabe attackiert Hoffmann diese Illusion.[30] Zum Kern aufklärerischer Überzeugungen gehört die von der Vervollkommnungsfähigkeit des einzelnen wie die von der Entwicklungsfähigkeit des gesellschaftlichen Ganzen, die in jener ihre wichtigste Voraussetzung hatte. In *Klein Zaches* wird die Titelfigur wie-

27 Walther Harich, *E. T. A. Hoffmann. Das Leben eines Künstlers*, 4. Aufl., Berlin [o. J.], Bd. 2, S. 171. Vgl. Chamissos Brief an Louis de la Foye vom Februar 1819 (?), in: Friedrich Schnapp (Hrsg.), *E. T. A. Hoffmann in Aufzeichnungen seiner Freunde und Bekannten*, München 1974, S. 462.
28 Edmond et Jules de Goncourt, *Journal. Mémoires de la vie littéraire*, Monaco 1956, Bd. 9, S. 22.
29 Nicolas Born, »Entsorgt«, in: N. B., *Gedichte 1967–1978*, Reinbek bei Hamburg 1978, S. 221.
30 Kesselmann (Anm. 20) S. 124 f.; Franz Fühmann, »›Klein Zaches genannt Zinnober‹. Ein Nachwort«, in: F. F., *Fräulein Veronika Paulmann aus der Pirnaer Vorstadt oder Etwas über das Schauerliche bei E. T. A. Hoffmann*, Hamburg 1980, S. 161.

131

derholt als *verwahrlost* bezeichnet (z. B. S. 29, 33, 38, 46, 84).
Gut dreißig Jahre zuvor, 1787, hatte Hoffmanns ostpreußischer Landsmann Herder in den *Ideen zur [Philosophie der] Geschichte der Menschheit* geschrieben: »In der allgemeinen Geschichte [. . .], wie im Leben *verwahrloster* einzelner Menschen, erschöpfen sich alle Thorheiten und Laster unsres Geschlechts, bis sie endlich durch Noth gezwungen werden, Vernunft und Billigkeit zu lernen. [. . .] Das Böse, das andre verderbt, muß sich entweder unter die Ordnung schmiegen oder selbst verderben. [. . .] Es ist keine Schwärmerei, zu hoffen, daß, wo irgend Menschen wohnen, einst auch vernünftige, billige und glückliche Menschen wohnen werden: glücklich, nicht nur durch ihre eigene, sondern durch die gemeinschaftliche Vernunft ihres ganzen Brudergeschlechtes.«[31] Hoffmann legt Widerspruch gegen diese aufklärerische Überzeugung wie auch gegen das sozialromantische Klischee vom edlen Geist im häßlichen, erniedrigten Körper ein (das Victor Hugo 1831 in Quasimodo mit der Verkrüpplung verbinden wird). Er demonstriert, daß es einen Grad moralischer »Verwahrlosung« geben kann, bei dem keine »Aufklärung« das Dunkel eines verkommenen Inneren zu erhellen vermag. Dem Zweifel am universellen Geltungsanspruch der Wissenschaft entspricht der Zweifel an der Vervollkommnungsfähigkeit nicht nur der Gesellschaft überhaupt, sondern auch der jedes einzelnen. Zurecht spricht Müller-Seidel von einer »Parodie der Bildungsidee«, wodurch *Klein Zaches* nicht nur chronologisch, sondern auch sachlich in die Nähe des *Kater Murr* gerückt wird.[32] Indem Hoffmann an die Tradition des Feenmärchens anknüpft, kann er den Erziehungsoptimismus widerrufen, den dieses Genre mit dem Bildungsroman teilt.[33]

31 *Sämmtliche Werke zur Philosophie und Geschichte*, Tl. 5, Tübingen 1806, S. 375 f. [meine Hervorhebung].
32 *Späte Werke* (Anm. 7) Nachw., S. 823.
33 »Wenn man [. . .] die im Feenmärchen immer wieder auftauchende, oft als Dualismus sich ausdrückende Skepsis ernst nimmt und nicht immer von dem optimistischen Glauben daran, daß das Gute siegen wird, sprechen darf – den optimistischen Glauben an den Erfolg der Erziehung wird man durchgehend konstatieren können. Die Fee als ideale Erzieherin, das ist eine reine Verkörpe-

Hoffmann bricht mit der Haltung aufklärender Belehrung, die ein vermeintlich sicheres Wissen voraussetzt. Dadurch wird sein Blick auch dafür frei, was in ihm, dem Autor selbst, der Überzeugung von einer unaufhaltsam fortschreitenden Vervollkommnung widerstreitet. Franz Fühmann hat – wie schon fünfzig Jahre vor ihm Walther Harich[34] und seitdem eine Reihe von Forschern – die These vertreten, daß Hoffmann in der Gestalt des Zaches, erschüttert durch die schwere Erkrankung des Jahres 1818, mehr oder weniger unbewußt auch negative – verdrängte – Seiten der eigenen Person gestaltete.[35] Die Ähnlichkeit des von ihm selbst auf dem Umschlag gezeichneten Zaches mit den Selbstporträts sei unverkennbar; die Szene gar, die Zaches hoch zu Pferde zeigt, korrespondiere mit der Zeichnung im Brief an Kunz aus der Entstehungs- bzw. Inkubationszeit des Werkes.[36] Wichtiger als die von Fühmann angeführte biographische Parallele zum fatalen Feengeschenk (ein Jagdausflug, bei dem man Hoffmann als dem Schützen ein Reh zusprach, das ein anderer geschossen hatte) schiene indes zu sein, den erotischen Sehnsüchten des Autors nachzufragen, die in die Konstellation Zaches – Rosabelverde – Candida eingegangen sein mögen und auf die der Graf von Soden mit dem Vorwurf mangelnder Keuschheit besonders sensibel reagierte.[37] Sollte Fühmanns These zu halten sein, so wäre jedenfalls mehr als nur die Einsicht in ein beiherspielendes privates Moment gewonnen. Erkannt wäre, daß der Zweifel an den Geltungsansprüchen von Wissenschaft und Aufklärung mit der selbstkritischen Befragung des Autors eine Radikalität erreicht hat, die alles – gewiß reichlich vorhandene – bloß Satirische hinter sich läßt. In der Konsequenz dieser Radikalisierung könnte schließlich

---

rung eines pädagogischen Jahrhunderts« (Heinz Hillmann, »Wunderbares in der Dichtung der Aufklärung. Untersuchungen zum französischen und deutschen Feenmärchen«, in: *Deutsche Vierteljahrsschrift für Literaturwissenschaft und Geistesgeschichte* 43, 1969, S. 88).

34 Harich (Anm. 27) S. 165 ff.

35 Fühmann (Anm. 30) S. 145 ff.

36 Vgl. *Briefwechsel* (Anm. 2) Bd. 2, gegenüber S. 176.

37 Vgl. Anm. 6.

die Infragestellung der traditionellen Autorität des Textes selbst liegen. Die oben als Motto zitierte Stelle aus den *Serapions-Brüdern* jedenfalls deutet in der Metapher des Kaleidoskops auf einen Wandel im intendierten Rezeptionsverhalten hin[38] und legitimiert damit das gewählte Verfahren, die bisherige Forschung zum vielstimmigen (wenngleich unvollständigen) Chor einer kollektiven Lektüre zu versammeln.

»Leicht hingeworfener Scherz« oder aus »philosophischer Ansicht des Lebens geschöpfte Hauptidee«? Die Alternative erweist sich tatsächlich als scheinbar. In die Feengabe selbst, der sich eine Fülle so erschreckender wie komischer Szenen verdankt, ist der semantische Kern des Werkes eingelassen. Freilich läßt er sich nicht im Sinne einer eindeutigen Bedeutungszuweisung fixieren. Indem Hoffmann den phantastischen Enteignungstrick leitmotivisch auf die unterschiedlichsten präzis gezeichneten Situationen bezieht, schreibt er zugleich eine Horrorgeschichte des erotischen Vampirismus, eine Sozialkritik des zeitgenössischen Preußen und eine Zurückweisung der universellen Geltungsansprüche neuzeitlicher Rationalität. Im Phantastischen verdichtet sich die Misere des restaurativen Deutschland zum einprägsamen Bild, gleichzeitig aber eröffnet es eine historische Tiefendimension, indem es den Blick auf den säkularen Prozeß der Aufklärung freigibt, innerhalb dessen Hoffmanns wie unsere eigene Gegenwart nur eine Etappe ist. Die Aufklärung wird nicht obskurantistisch widerrufen, sondern an ihren eigenen Glücksversprechen gemessen. Nicht zuletzt kritisiert Hoffmann sie durch eine radikale Introspektion, durch den Hinweis auf die Grenzen, die allem Planen in jedem einzelnen Ich, dem des Autors wie dem seiner Leser, gesetzt sind.

---

38 Die Konstruktion eines negativen Helden (Fühmann [Anm. 30] S. 151 f.) ist nur ein Moment, ein wesentliches freilich, in diesem Prozeß.

3

Wenn bislang vom Phantastischen die Rede war, so im Zusammenhang mit dem übernatürlichen *Motiv* der Feengabe bzw. Prospers Gegenmitteln und nicht im Blick auf die »ambivalente Rezeption des Lesers«, auf dessen Schwanken zwischen rationaler Erklärung des Unheimlichen und unauflöslich Wunderbarem. Wenn wir hierin Todorov[39] nicht folgten, so doch im folgenden Versuch, die bislang behandelte Problematik als Frage nach der konkreten sprachlichen Artikulation weiterzuführen. Im phantastischen *Diskurs* erst, einem Möglichkeitsstil avant la lettre, findet die mit Zaches' sozialem Magnetismus verbundene Kritik zu radikaler ästhetischer Konsequenz, genauer: durch ihn wird sie allererst ermöglicht. Hoffmann erlaubt es dem Leser nicht mehr, die Kritik an Ausbeutung und selbstgefälligem Rationalismus im illusionären Abstand dessen zu betrachten, der darübersteht. Vielmehr zieht er den Leser in den schockierenden Wechsel von Wunderbarem und Gewohntem hinein, verzichtet auf den Kommentar zugunsten von Bild und Handlung, die alptraumhafte Züge annehmen, und erweitert andererseits die autoreferentielle Reflexionsebene. Er gebraucht Konjunktionen wie die Kopula »und« entgegen ihrer grammatischen Bestimmung, verunsichert durch Authentizitätsbeglaubigungen (»Als ich die Gnädige [Fee] zum ersten und letzten Mal zu schauen das Vergnügen hatte«, S. 11), verleiht der einzelnen sprachlichen Äußerung ausgesprochenen Zitatcharakter und schreibt im Ganzen einen »Stil des ständigen Stilbruchs«[40]. Arabeskenhafte Schnörkel lenken die Aufmerksamkeit vom Inhalt auf die Art des Gesagten; Konjunktive, Doppelperspektiven und das Changieren von Wörtern zwischen buchstäblicher und figürlicher Bedeutung sollen Erwartungsklischees erschüttern. Kapitelüberschriften wie »Dringende Gefahr einer Pfarrersnase«

---

39 Tzvetan Todorov, *Einführung in die fantastische Literatur*, Frankfurt a. M. / Berlin / Wien 1975, S. 26.
40 Peter Schau, *»Klein Zaches« und die Märchenkunst E. T. A. Hoffmanns*, Diss. Freiburg i. Br. 1966, S. 101.

oder »Candida und Jungfrauen, die nicht Fische essen dürfen« dementieren inhaltlich die Leserorientierung, die sie formal zum Schein beanspruchen. Der Satz »Schlimmeres könne [...] einem Menschen oder einem ganzen Lande [...] nicht begegnen, als gar nicht zu existieren« (S. 18) erhebt die witzige Blödelei zur Dignität der absurden Pointe. Zur Strategie der Verunsicherung gehört auch das »atektonische Erzählen«[41], gehört insbesondere die Ironie, die *Klein Zaches* durchgehend bestimmt. Wir begegnen ihr als ironischem Ton, durchaus noch in vertrauter Weise, wenn es von den Bauern heißt, denen befohlen wurde, gut von dem Stiftsfräulein zu denken: »Sie gingen in sich, fürchteten sich vor der angedrohten Strafe und dachten fortan gut von dem Fräulein« (S. 13), wenn Rosabelverde ihrem Gastgeber Prosper nach Kampfesende mit dem Zeugma »Leben Sie wohl, mein würdigster Magus, nie werd' ich Ihre Huld, nie diesen Kaffee vergessen« dankt (S. 79), wenn vom »durchlauchtig seligen Herrn Papa« die Rede ist (S. 16) oder wenn der Rektor in Fabians Bericht peroriert: »Heil dem Staate, Heil der Welt, wenn hochherzige Jünglinge solche Röcke tragen, mit solchen passenden Ärmeln und Schößen. Bleiben Sie treu, Fabian, bleiben Sie treu solcher Tugend, solchem wackren Sinn, daraus entsproßt wahre Heldengröße!« (S. 93). Zugleich aber stoßen wir auf – wichtigere – verborgene ironische Strukturen, deren Verkennung den Leser in die Irre einer Positivität führen würde, die Hoffmann fremd blieb. Sie gelten nicht allein dem Pfarrer, der als erster der Verblendung erliegt, Prosper, dem Anwalt des Wunderbaren, der sich vorübergehend in den Dienst der Aufklärung stellen muß, oder der paradoxerweise per Dekret erlassenen Aufklärung und ihren Anhängern, sondern gerade auch Balthasar, der scheinbar ungebrochen positiven Gegenfigur zum Titelhelden. Es ist ausgesprochen irritierend, daß ihm, dem schwärmerischen Dichter, im happy end eine Ehefrau zugesprochen wird, bei

41 Armand De Loecker, *Zwischen Atlantis und Frankfurt. Märchendichtung und Goldenes Zeitalter bei E. T. A. Hoffmann*, Frankfurt a. M. / Bern 1983, S. 117.

deren Vorstellung der Leser erfuhr, daß sie »Goethes ›Wilhelm Meister‹, Schillers Gedichte und Fouqués ›Zauberring‹ gelesen, und beinahe alles, was darin enthalten, wieder vergessen« hatte (S. 35). Solche Ironie, durch die gerade auch das scheinbar ungebrochen Positive ein irritierendes Vorzeichen erhält,[42] kulminiert in den Passagen gegen Ende, in denen sich das Werk selbst als ästhetisches Arrangement zum Gegenstand wird. »Eigentlich hätte die Geschichte mit dem tragischen Tode des kleinen Zinnober schließen können«, reflektiert der Erzähler zu Beginn des letzten Kapitels, doch »ist es nicht anmutiger, wenn statt eines traurigen Leichenbegängnisses, eine fröhliche Hochzeit am Ende steht?« (S. 112). Dieser Interpretation des versöhnlichen Schlusses als ästhetischer Wunscherfüllungsphantasie entspricht die Selbstaufhebung jener Figur, mit deren Hilfe allein der Sieg Balthasars über Zaches gelang: »Du magst‹«, sagt Prosper Alpanus, »indem ein anmutiges Lächeln sein Gesicht überstrahlte, ›du magst dich wohl über meine Reden verwundern, dir mag überhaupt manches seltsam an mir vorkommen. Bedenke aber, daß ich nach dem Urteil aller vernünftigen Leute eine Person bin, die nur im Märchen auftreten darf, und du weißt, geliebter Balthasar, daß solche Personen sich wunderlich gebärden und tolles Zeug schwatzen können, wie sie nur mögen, vorzüglich wenn hinter allem doch etwas steckt, was gerade nicht zu verwerfen‹« (S. 86 f.). Indem Hoffmann dergestalt die »These« (eine scheinaufgeklärte, verblendete Gesellschaft) kritisiert, die romantische »Antithese« (ihre Aufhebung im Namen von Poesie und Liebe) relativiert und die (rein private) Synthese des Regenbogenfinales als ästhetische Wunscherfüllungsphantasie fiktionsironisch kenntlich macht,[43] verfällt er freilich keineswegs jener »Krankheit des

---

42 Fühmann (Anm. 30) geht aber doch wohl zu weit, wenn er Balthasar einen »Zinnober der Poesie« nennt (S. 158).
43 Ein Mangel von Schaus (Anm. 40) im übrigen ausgezeichneter Arbeit ist, daß er nicht nachvollzieht, wie Hoffmann ironisch auch noch das Schubertsche Versöhnungsdenken bricht.

Geistes«, die Hegel ihm zum Vorwurf machte[44]. Das Zusammenspiel von Setzung und Aufhebung findet seinen objektiven Grund in den dissonantischen Widersprüchen der von Hoffmann verarbeiteten gesellschaftlichen und psychischen Wirklichkeit, im selbstkritischen Beharren auf einem weitergehenden Glücksanspruch als dem der Erfüllungsgehilfen eines reaktionären Staatswesens und in einer nüchternen Einschätzung dessen, was Kunst überhaupt noch zu Beginn des 19. Jahrhunderts vermochte. Nicht einer »haltlosen Zerrissenheit«, einem »Humor der Abscheulichkeit«, einer »Fratzenhaftigkeit der Ironie« begegnet man, wie Hegel meinte[45], in *Klein Zaches*, sondern einem ironisch-humoristischen Fluidum, das so spielerisch wie substantiell realistische Beobachtung, satirisch verfremdende Aggressivität und extreme Phantastik zur Einheit verbindet. So wie er Zaches, den Kristallisationskern der Satire, einen grotesken »humoristischen Tod« sterben läßt (S. 107),[46] so »hebt« Hoffmann alle Aggressivität in der Tonalität des Textganzen »auf« (er negiert sie, bewahrt sie, hebt sie auf eine höhere Stufe). Oder, statt in Hegels Begrifflichkeit in der Baudelaires, der ihn liebte: das »charakteristisch Komische« (»le comique significatif«) wird bei Hoffmann vom »absolut Komischen« (»le comique absolu«) umgriffen.[47]

So unangemessen Hegels Urteil auch ist, so sehr vermag es doch den Blick für *Klein Zaches genannt Zinnober* zu schärfen. Die Begriffe »Zerrissenheit«, »Abscheulichkeit« und »Fratzenhaftigkeit« entstammen der zeitgenössischen Diskussion um das ästhetisch Häßliche und die Karikatur.[48] Der

---

44 *Ästhetik. Mit einer Einführung von Georg Lukács*, hrsg. von Friedrich Bassenge, 2. Aufl., Frankfurt a. M. [o. J.], Bd. 1, S. 239.

45 Ebd., S. 220.

46 Vgl. v. Schenck (Anm. 16) S. 131.

47 *Œuvres complètes*, hrsg. von Y.-G. Le Dantec und C. Pichois, Paris 1961, S. 985 f.

48 Hegel selbst bestimmt die Karikatur negativ als einen »Überfluß des Charakteristischen«, der »nicht mehr das eigentlich zum Charakteristischen Erforderliche« zur Geltung bringe, sondern »eine lästige Wiederholung« sei, »wodurch das Charakteristische selbst kann denaturiert werden«. Des weiteren sei »das

Praxis der Karikatur – vor allem derjenigen Callots, in dessen Namen er seine literarische Karriere begann – sind auch Hoffmanns literarische Bildlichkeit und, bedingt, die Manier verpflichtet, in der er das eigene Werk illustrierte.[49] In einer zeitgenössischen englischen Anleitung für Karikaturenzeichner sieht man als besonders geeignetes Sujet anmaßende bzw. ungeschickte Menschen zu Pferd empfohlen.[50] Kaum dieser Quelle, wohl aber der Tradition, in der sie steht – vor allem Hogarth natürlich –, folgt Hoffmann, wenn er Balthasars erstes Zusammentreffen mit Zaches schildert (gerade diese Szene ist seit Theodor Hosemann ein bevorzugter Gegenstand der Illustratoren geworden). Auch in der Illustrationspraxis Hoffmanns sind Verbindungen nachweisbar. Das sichelförmig vorspringende Kinn, das er Zaches auf der Deckelzeichnung verleiht, wird in der gleichen englischen Quelle als Mittel physiognomisch kennzeichnender Verfremdung empfohlen.[51]

Karikaturmäßige [...] die Charakteristik des Häßlichen, das allerdings ein Verzerren ist« (*Ästhetik* [Anm. 44] S. 29 f.). Vgl. im übrigen die Arbeiten von Günter und Ingrid Oesterle, »Karikatur«, in: *Historisches Wörterbuch der Philosophie*, hrsg. von Joachim Ritter [u. a.], Bd. 4, Darmstadt 1976, Sp. 696–701; »Gegenfüßler des Ideals‹ – Prozeßgestalt der Kunst – ›mémoire processive‹ der Geschichte. Zur ästhetischen Fragwürdigkeit von Karikatur seit dem 18. Jahrhundert«, in: Klaus Herding / Gunter Otto (Hrsg.), *»Nervöse Auffassungsorgane des inneren und äußeren Lebens«. Karikaturen*, Gießen 1980, S. 87–130. Außerdem: Günter Oesterle, »Entwurf einer Monographie des ästhetisch Häßlichen. Die Geschichte einer ästhetischen Kategorie von Friedrich Schlegels *Studium*-Aufsatz bis zu Karl Rosenkranz' *Ästhetik des Häßlichen* als Suche nach dem Ursprung der Moderne«, in: Dieter Bänsch (Hrsg.), *Zur Modernität der Romantik*, Stuttgart 1977, S. 218–297.

49 Hoffmann hat bekanntlich schon früh Karikaturen gezeichnet, wobei in unserem Zusammenhang die Frage nach der Priorität der verbalen oder der nonverbalen Karikatur ohnehin auf sich beruhen kann.

50 Francis Grose, *Rules for drawing caricaturas. With an essay on comic painting*, London ²1791, S. 22 und 32.

51 Ebd., Taf. II, Fig. 18. Vgl. dazu die Federzeichnung Hoffmanns zur geplanten Jean-Paul- und Sterne-Parodie aus dem Jahr 1796 (wiedergegeben bei Gabrielle Wittkop-Ménardeau, *E. T. A. Hoffmanns Leben und Werk in Daten und Bildern*, Frankfurt a. M. 1968, S. 210). Für die Vorläuferschaft Hogarth' sowie, durch ihn vermittelt, Leonardos und Ghezzis vgl. die Radierung »Characters/Caricaturas« (1743).

Dem ästhetisch Häßlichen als Vehikel und Ferment einer Kritik aller schönfärberischen Idealismen, mehr noch: als vollgültiger, eigenwertiger Formensprache gelten wichtige Passagen in Adornos *Ästhetischer Theorie* (1970) und in Julia Kristevas *Pouvoirs de l'horreur. Essai sur l'abjection* (1980). Doch nicht erst mit Baudelaire, einer wesentlichen Referenz Adornos, und schon gar nicht erst mit Céline, über den Julia Kristeva zu großen Teilen schreibt, sondern schon mit Kleist und Hoffmann, den Zeitgenossen Goyas, setzt der skizzierte Prozeß auch literarisch entscheidend ein.[52] Hoffmann an Chamisso am 6. November 1818, eine Auskunft für *Klein Zaches* erbittend: »Wie heißt wohl unter diesem Geschlecht der Wickelschwänze eine besondere Art (*die sich etwa durch besondere Häßlichkeit auszeichnet und sehr häßlich ist*) mit dem Linneischen Namen oder sonst? *Ich brauche eben einen solchen Kerl!*«[53]

Die beiden Umschlagzeichnungen, die Hoffmann zu *Klein Zaches* schuf, sind übrigens streng aufeinander bezogen. Dem erdenschweren Zaches, den Rosabelverde zu sich »erhoben« hat, entspricht kontrapunktisch Prosper Alpanus,

---

52 Zur Karikatur bei Hoffmann vgl. Marianne Thalmann, *Das Märchen und die Moderne*, Stuttgart 1961, S. 97: »Er [Hoffmann] verwendet das Platte der Überlieferung zu einem Zustand zwischen Gelächter und Grausen, in dem der geistige Mensch gestört und die bürgerliche Lebensform Karikatur wird. Damit tritt aber eine Verfremdung der Wirklichkeit ein, weil hinter ihrer Realität die Surrealität des Geträumten, Gefürchteten und Abgründigen wesentlich wichtiger wird. Die Karikatur, zu der Hoffmann von Hause aus neigte, ist nicht Kritik der Gesellschaft, sondern schon Grauen vor der Deformation, die rund um ihn vor sich geht und auch ihn selbst anfrißt«; ferner: G. und I. Oesterle, »Gegenfüßler des Ideals‹« (Anm. 48, S. 96): »Die Eindrucksstärke der Karikatur spricht für die Produktivität des Häßlichen und gegen die Kontemplativität des Schönen, spricht für Phantasie und Einbildungskraft und gegen Anschauung. Karikatur wird verwertet in einer Ästhetik des Reizes und der Zerstreuung, wobei phantastische und realistische Spielart, Phantasiedichte und Realitätsnähe einander zu widersprechen scheinen, der Karikatur jedoch unverzichtbare Ingredienzien sind. Von der extremen, polaren Spannung zwischen Phantastik und Realismus, die ihre oft unvermerkte Übergänglichkeit zu widerlegen scheint und in Karikatur ihr Zentrum hat, sind die Werke E. T. A. Hoffmanns geprägt.« Zuletzt Fritz (Anm. 20) passim.

53 *Briefwechsel* (Anm. 2) Bd. 2, S. 179 [meine Hervorhebung].

der sich auf seinem libellenartigen Gefährt als Bewohner der Luft zu erkennen gibt. Diesem Kontrapunkt entsprechen im Text selbst die außerordentlich stark entwickelten Bedeutungsfelder des Lastens und Fliegens, auf die in der bisherigen Forschung nur beiläufig hingewiesen wurde.[54] Verblüffender noch ist es, zu sehen, wie Hoffmann in den von Carl Friedrich Thiele gestochenen Kupfern mit der Dichotomie zwischen dumpfer Triebhaftigkeit und lauterer Geistigkeit die zwischen alt und jung verbindet: Der ältliche Minister Zinnober in Opposition zu dem jugendlichen Prosper Alpanus – dies ist ein non-verbaler Bildkommentar, der weit über eine bloße Illustrierung des Textes hinausgeht.[55]

Dunkelheit, Erdenschwere und Häßlichkeit, dumpfe Triebhaftigkeit und Egoismus einerseits und andererseits Helle, Leichtigkeit und jugendliche Schönheit, Lauterkeit und Teilnahmefähigkeit werden von Hoffmann einander gegenübergestellt und allein im ästhetischen Schein, der sich selbst als solcher zu erkennen gibt, versöhnt. Darin darf man, bei aller Ferne Hoffmanns zur Philosophie, auch eine Distanzierung vom Identitätsdenken Schellings und dessen Popularisators Schubert sehen. Hoffmanns Kenntnis von Schellings Abhandlung *Von der Weltseele* (1798, ³1809) ist bezeugt,[56] die des Schubertschen Werkes (*Ansichten von der Nachtseite der Naturwissenschaft, Symbolik des Traumes*) allgemein bekannt. In der *Weltseele* heißt es: »Das Dunkel der Schwere und der Glanz des Lichtwesens bringen erst zusammen den schönen Schein des Lebens hervor, und vollenden das Ding zu dem eigentlich Realen, das wir so nennen.« Geborgen glaubt der Philosoph die »Totalität der Dinge« in »Gott« als

---

54 Zum Bedeutungsfeld des Fliegens vgl. Christa-Maria Beardsley, *E.T.A. Hoffmann. Die Gestalt des Meisters in seinen Werken*, Bonn 1975, S. 111 f.
55 Schau (Anm. 40, S. 17, Anm. 1) erkennt in der hinteren Deckelzeichnung »Balthasar in seiner Studententracht auf einer gezügelten Libelle über einer Wolke reitend, in der Hand einen Blumenstrauß haltend.« Der Kopf des Libellenreiters paßt wohl zu der Beschreibung Balthasars, die dargestellte Situation bezieht sich aber auf Prosper (vgl. S. 83). Eine Mystifikation Hoffmanns?
56 *Briefwechsel* (Anm. 2) Bd. 1, S. 403.

dem »Einen in dieser Totalität«.[57] Wie immer dies auch beim frühen Schelling spinozistisch-immanent gemeint sein bzw. ausgelegt werden mag – für den Hoffmann des *Klein Zaches* ist die Einheit des Getrennten nicht mehr denkbar und allenfalls in einer ironisch-transparenten Fiktion als Wunscherfüllungsphantasie ästhetisch zu gestalten. In spielerischer Leichtigkeit deutet er auf die gleiche gottverlassene Welt hin, der die *Nachtwachen des Bonaventura* und Jean Pauls *Rede des toten Christus* in ganz anderen Tonlagen wenige Jahre zuvor Ausdruck verliehen hatten.[58] Gerade die paradoxe Verbindung von desillusionistischer Weltsicht (die auf Flaubert vorausdeutet) und spielerischer Leichtigkeit (die auf Wieland zurückverweist) sichert den besten Werken Hoffmanns einen dauernden Platz in der Weltliteratur.

4

Ungeachtet seines Einspruchs in der *Brambilla*-Vorrede hat Hoffmann in *Klein Zaches* eine Fülle von Anregungen verarbeitet, die nur teilweise in Zitat und Anspielung erkennbare Spuren hinterließen. Auf alle intertextuellen Bezüge einzugehen – sie reichen von Langbeins Machwerk *Der Bräutigam ohne Braut* bis zur *Zauberflöte*[59] – wäre zwar nicht müßig, doch allzu weitläufig.[60] Gerade im Vergleich mit einigen der

57 Friedrich Wilhelm Joseph Schelling, *Schriften von 1794–1798*, Darmstadt 1980, S. 423 und 430 f.
58 Vgl. v. Schenck (Anm. 16, S. 73 f.): »Vergegenwärtigung dieser Angst vor dem Versinken der Menschheit in den Zustand, wo Gott wirklich und wahrhaftig tot ist und der Mensch selbst die Sehnsucht nach ihm verlor, weil der Anspruch von ihm her in seiner Seele ohne Echo ist, dem Zustand, wo das Heiltum des Karfunkels des Gottesfunkens in der Seele erlosch: das ist ›Klein Zaches‹, der Wechselbalg.«
59 Zur *Zauberflöte* vgl. Schau (Anm. 40) S. 49 ff.; zu Langbein vgl. Arno Schmidt, *Zettels Traum*, Stuttgart 1970, Zettel 1082, sowie Jörg Petzel, »Hoffmann und Langbein«, in: *Mitteilungen der E. T. A. Hoffmann-Gesellschaft* 23 (1977) S. 44–49.
60 Vgl. dazu im einzelnen die Kommentierung in: *Erläuterungen und Dokumente: E. T. A. Hoffmann, »Klein Zaches genannt Zinnober«*, hrsg. von Gerhard R. Kaiser, Stuttgart 1985 (Reclams Universal-Bibliothek, 8172 [2]).

wichtigeren dieser sogenannten Quellen aber lassen sich Hoffmanns Originalität und die Berechtigung seiner Kritik an jener kleinlichen Vorhaltung wegen angeblicher Abhängigkeit nachweisen.

Christoph Martin Wieland ist der Autor, der die von Mme d'Aulnoy und Perrault geprägte Tradition des Feenmärchens in Deutschland am originellsten fortsetzte, vor allem mit seinem *Don Sylvio* (1764), den Hoffmann gekannt und geschätzt haben dürfte.[61] Der vollständige Titel dieses zugleich in der Nachfolge des *Don Quijote* stehenden Werkes lautet *Der Sieg der Natur über die Schwärmerei, oder die Abenteuer des Don Sylvio von Rosalva. Eine Geschichte, worin alles Wunderbare natürlich zugeht.* Schon der Titel ist Programm. Dem Helden verwirren sich als Folge seiner Lesewut Wunderbares und Natürliches bis zur Ununterscheidbarkeit, so daß er in allem, was ihm zustößt, nur das Wirken guter oder böser feenhafter Mächte zu erkennen vermag. In der eingeschalteten »Geschichte des Prinzen Biribinker« wird das Feenwesen bis zur Absurdität gesteigert, so daß Don Sylvio schließlich »alle Märchen ohne Ausnahme verdächtig« werden[62] und er zur Vernunft zurückfindet. Voraussetzung gelingender Therapie ist für Wieland das vermeintlich sichere Wissen um die Grenzen zwischen positivem – naturgemäßem, vernünftigem – Wirklichkeitsbezug und illusionärer Einbildung. Deren Vermischung bekämpft er mit allen ästhetischen Mitteln, vorzugsweise dem einer außergewöhnlich phantastischen Potenzierung der Feentradition. Dialektisch entbindet, zugespitzt im »Biribinker«-Märchen, der ideologische Kampf für das Vernünftige die ästhetische Emanzipation des Wunderbaren, während Hoffmann das Wunderbare

---

61 Außer der strukturell bzw. durch die Tradition des Feenmärchens bedingten Affinität gibt es Indizien, deren Häufung auf eine direkte Kenntnis Hoffmanns hindeuten: u. a. die Erwähnung Callots (E. T. A. Hoffmann, *Werke*, hrsg. von Fritz Martini und Hans Werner Seiffert, Bd. 1, München 1964, S. 62 ff. – »Ein Gemälde im Geschmacke des Calot« – und 324), der grüne Zwerg (S. 47 f., 70), die Qualifizierung eines häßlichen Mädchens als »Wechsel-Balg« bzw. »Affen-Gesicht« (S. 70).

62 Ebd., S. 352.

als Remedium gegen rationalistische Plattheit und Parasitentum theoretisch aufwertet, ästhetisch aber an den Alltag zurückbindet: Zaches ist ein Vorläufer der betrügerischen Spekulanten, die Balzacs *César Birotteau* und Kellers *Martin Salander* bevölkern, wie auch jener erotischen Vampire aus der Psychopathologie des bürgerlichen Liebes- und Ehelebens, an der die Literatur des späteren 19. Jahrhunderts so reich ist. Wird der seinen Phantastereien ausgelieferte Don Sylvio der Lächerlichkeit überantwortet, um wahrhafte Menschlichkeit erst im Augenblick erwachender Vernunft zu erlangen, so gewinnt Balthasar gerade aus seiner Phantasie die Kraft, die Verführbarkeit der reinen Ratio zu durchschauen. Als der Blamierte steht am Ende nicht er, der einsame Melancholiker, sondern der gesellige Rationalist Mosch Terpin da, der »all seine Weisheit aufgebend, sich immer fort und fort verwundern mußte, so daß er zuletzt klagte, wie er nicht mehr wisse, [. . .] ob er noch wirklich, Kopf in die Höhe, auf seinen lieben Füßen einherspaziere« (S. 112). Hoffmanns Phantastik entspringt nicht aus dem illusionären Verfehlen positiver – historisch indifferent gezeichneter – Wirklichkeit. Sie ist vielmehr einer mit geschichtlicher Empirie gesättigten Welt als schreckenentbindendes Potential eingestaltet. Dagegen beschwört er die Kräfte der Phantasie in einer Anstrengung, deren Leichtigkeit man nur bewundern kann. Der Vergleich des *Don Sylvio* mit *Klein Zaches* zeigt, daß Hoffmann mit Wielands Vernunft- bzw. Vervollkommnungsglauben gebrochen hat: Balthasar macht nur äußerlich eine Entwicklung durch;[63] Zaches verharrt, Rosabelverdes Erziehungsplan unterlaufend, in triebhaft-dumpfem Egoismus; die Gesellschaft ist am Ende des Märchens so verblendet wie zu Beginn.

Bei der Revision des Perfektibilitätsgedankens dürfte der von Hoffmann so geliebte Shakespeare, besonders *The Tempest*, wichtig geworden sein (dessen Hofnarren Trinculo hatte er schon 1795 als Namensspender eines Pseudonyms ins Auge

---

63 Schaus Behauptung des Gegenteils überzeugt nicht (Anm. 40, S. 131 ff.).

gefaßt).[64] Es ist hier nicht der Ort, die von der bisherigen Forschung übersehene Fülle der Entsprechungen zwischen *The Tempest* und *Klein Zaches* auszuführen. Ihr Bogen spannt sich von der Handlungsebene (»Prospero« wie Hoffmanns »Prosper« als Arrangeur der Verbindung zweier Liebender, Verzicht auf die weiße Magie bzw. Entschweben nach Indien)[65] über einzelne Symbole, Bilder und Motive (Einhörner, Regenbogen, Zauberstab) bis zum Thematischen (angemaßte Macht). In unserem Zusammenhang zentral ist die Gestalt des anagrammatisch als Kannibale bezeichneten Caliban, an dem Prosperos Erziehungsabsicht scheitert wie die Rosabelverdes an dem gefräßigen Existenzvernichter Zinnober. In dem als »savage and deformed slave« eingeführten Caliban[66] hat Shakespeare in einer *Klein Zaches* vorwegnehmenden Metaphorik (»earth«, »monster«, »monkey«, »beast«, »thing«) jene Grenze bezeichnet, die menschlichem Erziehungswillen gesetzt ist und die Prospero mit den Worten zu erkennen gibt:

> Ein Teufel, ein geborner Teufel ist's,
> An dessen Art die Pflege nimmer haftet,
> An dem die Mühe, die ich menschlich nahm,
> Ganz, ganz verloren ist, durchaus verloren;
> Und wie sein Leib durchs Alter garst'ger wird,
> Verstockt sein Sinn sich.
>
> (IV,1; übers. von A. W. Schlegel)

Die in der Schlußszene geäußerte Absicht Calibans, künftig »klüger« zu sein, gibt nicht zu erkennen, daß er von Prosperos Humanität erweckt wurde, sondern gilt allein der Einsicht, sich in dem Trunkenbold Stephano getäuscht zu

---

64 *Briefwechsel* (Anm. 2) Bd. 1, S. 71.

65 »Es ist [...] an diesem [Hochzeits-]Abend, daß sein [Prospers] Wirken besonders an Shakespeares Prosper erinnert. Wie jenem scheint diesem der Kosmos zu gehorchen.« (Beardsley [Anm. 54] S. 114.)

66 *The Tempest / Der Sturm*, englisch/deutsch, übers. und hrsg. von Gerd Stratmann, Stuttgart 1982 [u. ö.] (Reclams Universal-Bibliothek, 7903 [3]), S. 4.

haben.[67] Indem Hoffmann an die voraufklärerische Anthro-
pologie Shakespeares anknüpft und den realistisch gezeichneten Caliban aus der Inselpoesie in die Prosa des obrigkeitlich
geprägten deutschen Alltags versetzt, verdolmetscht er Shakespeares Versöhnungsspektakel seinen Zeitgenossen, ohne,
gegenaufklärerisch, die Ansprüche auf individuelle Autono-
mie, Selbstdenken und Gerechtigkeit preiszugeben. Sowenig
wie die Shakespeares – und im Unterschied doch wohl zu der
Wielands im *Don Sylvio* – ist die Leichtigkeit Hoffmanns aus
dem Absehen vom menschlichen Leiden gewonnen. Sie
erwächst vielmehr gerade aus dessen Erkenntnis und verrät
es, auch hierin eigenständig Shakespeare folgend, nicht durch
das Versprechen einer mehr als nur ästhetischen Versöhnung,
die überdies ganz partiell bleibt.

Der spezifische Gehalt von Zaches' phantastischem Aneig-
nungstrick läßt sich am besten wohl in der Absetzung gegen
Fouqués *Galgenmännlein*, Arnims *Isabella von Ägypten* und
Chamissos *Schlemihl* bestimmen, die wenige Jahre vor *Klein
Zaches* erschienen und Hoffmann bestens bekannt waren.[68]
Alle drei Zeitgenossen konstruieren ein phantastisches Vehikel, mit dessen Hilfe ihre Protagonisten sich unerhörten
Reichtum verschaffen: der Kaufmann Reichard (!) mit Hilfe
des Galgenmännleins, Isabella durch den Alraun Cornelius
Nepos, Schlemihl, indem er dem Teufel seinen Schatten ver-
kauft. Anders Zaches alias Zinnober. Pulcher berichtet Balthasar im vierten Kapitel: »Der verwünschte Zinnober soll
unermeßlich reich sein. Er stand neulich vor der Münze und

---

67 Daß Caliban weniger negativ als die zivilisierten Barbaren vom europäischen
Festland gezeichnet und andererseits Prospero durchaus auch kritisch gesehen
wird, wäre in einer genaueren Analyse zu berücksichtigen.
68 Zum möglichen Zusammenhang zwischen den *Schlemihl* und *Klein Zaches*
vgl. Oskar Walzel: »›Schlemihl‹ hat auf Hoffmann wie eine Offenbarung
gewirkt; er hat ihn an anderen Stellen unverkennbar verwertet. In ›Klein Zaches‹
stellte er dem Pechvogel Schlemihl, dem alles mißrät und der von der Welt
verstoßen wird, weil er den Schein nicht geachtet hat, einen Glückspilz gegenüber, der die Welt nasführt, weil er den Schein, aber auch nur den Schein für sich
hat.« (O. W., »Zu E. T. A. Hoffmanns Werk«, in: *Das literarische Echo* 13,
1911, Sp. 1239; für diesen Hinweis danke ich Günter Oesterle.)

da zeigten die Leute mit Fingern nach ihm und riefen: ›Seht den kleinen hübschen Papa! – dem gehört alles blanke Gold, was da drinnen geprägt wird!‹« Doch weist Balthasar diese Vermutung als irrig zurück: »mit dem Golde zwingt es der Unhold nicht, es ist etwas anderes dahinter!« (S. 51) N. J. Berkovski hat bedauert, daß Hoffmann an dieser Stelle die Möglichkeit einer scharf antikapitalistischen Kritik angeblich verschenkte.[69] Seine Lesart ist um so erstaunlicher, als er die Pointe von Hoffmanns Phantastik keineswegs verkannte, die darin liegt, daß Zaches gerade *nicht* des universellen Vermittlers, des Geldes, bedarf, um zu künstlerischem Ansehen, Ministeramt und Candida zu gelangen. Ihm fällt direkt das zu, wozu man in der Wirklichkeit das Geld bzw. die physische Macht oder auch nur den Kredit, den bloßen Schein, das snobistische Prestige benötigt. Hundert Jahre vor Proust und Kafka gestaltet Hoffmann die erotische Aura der Macht. In den dadurch entbundenen grotesken Möglichkeiten liegt keine Einschränkung, sondern im Gegenteil eine radikale Ausweitung der Kritik an der Ausbeutung des Menschen durch den Menschen, zugleich aber die Öffnung dieser Kritik in Richtung einer mehr als nur antikapitalistischen Referenz, auf die sie der sowjetische Kritiker beschränkt sehen wollte.

5

Die deutsche Hoffmann-Rezeption des 19. Jahrhunderts war, von Ausnahmen wie Heine und Schumann abgesehen, von Unverständnis sowohl für den ästhetischen Reiz als auch für die soziale und psychische Semantik Hoffmannscher Phantastik geprägt. Insbesondere Frankreich kommt das Verdienst zu, beide, wenn auch nicht immer in ihrem Zusammenhang, schon früh gewürdigt zu haben. 1856 schrieb Champfleury in der Einführung seiner Courbet gewidmeten Hoffmann-Übersetzungen, auf über 25 Jahre französischer Hoffmann-Rezeption zurückblickend, im Werk des Deut-

---

69 *Die Romantik in Deutschland*, Leipzig 1979, S. 640.

schen trete das Phantastische in die Wirklichkeit ein (»le fantastique devient réel«[70]). Dem entspricht eine Äußerung in Balzacs *Splendeurs et misères des courtisanes* über die rue Langlade, das damalige Hauptquartier der Pariser Prostitution: »Le monde fantastique d'Hoffmann le Berlinois est là.«[71] Ähnlich aktualisierend dürfte auch *Klein Zaches* schon früh im kapitalistisch weiter fortgeschrittenen Nachbarland gelesen worden sein, wo man das Werk seit Mitte der dreißiger Jahre wiederholt übersetzt hatte.[72] In den gleichen Jahren, in denen Balzac seine jüdischen Wucherer und Bankiers imaginierte, stellte der Illustrator Rogier in Egmonts Hoffmann-Ausgabe Zaches mit jüdischen Gesichtszügen dar.[73] Dazu dürfte ihn außer dem Erfolg der Rothschilds (der auch Balzacs Phantasie reizte) die biblische Herkunft des Namens »Zaches« angeregt haben.[74] Wenig später schrieb Christian im vorangestellten Hoffmann-Porträt seiner eigenen Übersetzungen: »voulez-vous du fantastique à sa plus haute puissance, prenez [...] cette histoire inimitable du fameux ministre *Cinabre*, dont la vivante copie est à côté de nous.«[75] Auch den zaristischen Zensurbehörden ist die Brisanz der Hoffmannschen Phantastik nicht entgangen. 1840 verhinderten sie die Publikation einer russischen Version, die dann doch vier Jahre später erschien.[76] Sie hinterließ Spuren u. a. im Werk Dostojewskijs, besonders im *Doppelgänger* (*Dvojnik*, 1846),

---

70 *Contes posthumes d'Hoffmann*, trad. par Champfleury, Paris 1856, S. 22.

71 *Splendeurs et Misères des Courtisanes*, éd. A. Adam, Paris 1964, S. 28.

72 Eine gekürzte französische Fassung erschien 1832, die erste vollständige 1836 (Elizabeth Teichmann, *La fortune d'Hoffmann en France*, Genf/Paris 1961, S. 247); weitere Übersetzungen: 1843, 1853, 1864 (nach Paul Sucher in der Einleitung seiner Übersetzung *Petit Zacharie*, Paris 1946, S. 57 ff.).

73 *Contes fantastiques de E.T.A. Hoffmann*, trad. nouv. [...] par Henry Egmont, Paris ²1840, Bd. 3, S. 64.

74 Ob Hoffmann selbst schon durch die Namenswahl »Zaches« und »Mosch Terpin« seinen Text mit einem antisemitischen Akzent versah, muß hier offen bleiben.

75 *Contes fantastiques*, trad. nouv. [...] par P. Christian, illustrés par Gavarni, Paris 1843, S. XIX.

76 Norman W. Ingham, *E.T.A. Hoffmann's Reception in Russia*, Würzburg 1974, S. 239 f.

der stärker als die soziale die psychische Dimension von Zaches' Doppelgängertum entfaltete.[77] (Das bei Hoffmann Verbundene tritt in der produktiven Rezeption des 19. Jahrhunderts zu einem Spektrum unterschiedlicher Lesarten auseinander.) Sollte Poes Kenntnis Hoffmanns sich auch auf *Klein Zaches* erstreckt haben – was unwahrscheinlich, doch nicht völlig unmöglich ist –, so wäre auch für seine Erzählung »Diddling« (1843) eine Anregung zu erwägen.

Zaches-Gestalten, den Typ des »brutalen Emporkömmlings«[78], hat es in der deutschsprachigen Literatur später wohl noch gegeben: Wohlwend und die Brüder Weidelich in Kellers schon erwähntem Altersroman *Martin Salander*, Diederich Heßling in Heinrich Manns *Untertan*, Brechts Arturo Ui. Doch blieb Hoffmann im 19. Jahrhundert im deutschen Sprachraum weitgehend verkannt. Dem Verdikt des Klassikers Goethe folgten das des Romantikers Eichendorff und die Verurteilung durch den realistischen Programmatiker Julian Schmidt. Auch Börne, der einzige bedeutende Rezensent zu Lebzeiten Hoffmanns, hat ihn verrissen, ebenso wie, in einem späteren Vorwort zur *Unsichtbaren Loge*, Jean Paul, der ihm noch 1813 die Vorrede zu den *Fantasiestücken* geschrieben hatte. Über den Umweg seines außerdeutschen Erfolges kam auch *Klein Zaches* wieder nach Deutschland zurück, zu einer Zeit, da sein Verfasser noch im *Goedeke* unter dem Deckmantel wissenschaftlicher Autorität beschimpft werden konnte.[79] Am wichtigsten für seine Rehabilitierung war Jacques Offenbachs Oper *Les contes d'Hoffmann*, zu Beginn des 20. Jahrhunderts mehrere hundert Male in Deutschland aufgeführt. Ernst Bloch kommentierte: »Klein Zack ebenso wie die Einleitung zur Barcarole schlagen den Mantel zurück, und wir stecken darunter,

---

77 Vgl. Charles E. Passage, *Dostoevski the Adapter. A Study in Dostoevski's Use of the Tales of Hoffmann*, Chapel Hill 1954.

78 Georg Ellingers Formulierung (E. T. A. Hoffmann, *Werke*, 2. Aufl., Berlin 1927, Bd. 4, S. 12).

79 Karl Goedeke, *Grundriß zur Geschichte der deutschen Dichtung aus den Quellen*, Dresden ²1905, Bd. 8, Buch 8, Abt. 1, S. 468 ff. [Verf.: Alfred Rosenbaum.]

Offenbach ist in unseren so unfest gewordenen Tagen besonders offen spielbar.«[80] Die Präsenz von *Klein Zaches* auch noch im produktiven Traditionswissen gegenwärtiger Literaten bezeugten unlängst außer Franz Fühmanns aspektreichem Essay Arno Schmidts philologische Notate in *Zettels Traum*[81] und Bettina Wegners gar nicht so harmloses Lied »Für Klein Zaches von E. T. A. Hoffmann« aus dem Jahre 1973:

> Die kleine Zacharine
> die war so häßlich im Gesicht
> gelb, wie ne Mandarine
> und einen Mann den fand sie nicht.
>
> Sie weinte jeden Abend
> die Tränen hob sie alle auf
> und bot sie, Leute fragend
> am Sonntag auf dem Markt zum Kauf.
>
> Da fand sie endlich einen Mann
> Klein Zaches war sein Name
> der machte sich auch gleich daran
> und nahm sie in die Arme.
>
> So glücklich war die Ärmste nie
> sie sprach zu sich: Er liebt nur mich.
> Und jeden Abend dachte sie:
> Der ist noch häßlicher als ich![82]

Gerhard R. Kaiser

---

80 Ernst Bloch, »Über Hoffmanns Erzählungen, Klemperers Krolloper, Berlin 1930«, in: E. B., *Literarische Aufsätze*, Frankfurt a. M. 1965 (Gesamtausg. Bd. 9), S. 285.
81 Vgl. Anm. 59.
82 Bettina Wegner, *Wenn meine Lieder nicht mehr stimmen*, mit einem Vorw. von Sarah Kirsch, Reinbek bei Hamburg 1979, S. 55.

E. T. A. Hoffmann

IN RECLAMS UNIVERSAL-BIBLIOTHEK

Die Bergwerke zu Falun. Der Artushof. 86 S. UB 8991

Die Elixiere des Teufels. Nachgelassene Papiere des Bruders Medardus eines Kapuziners. 376 S. UB 192

Das Fräulein von Scuderi. Erzählung aus dem Zeitalter Ludwig des Vierzehnten. 80 S. UB 25 – dazu *Erläuterungen und Dokumente.* 136 S. UB 8142

Der goldne Topf. Ein Märchen aus der neuen Zeit. 128 S. UB 101 – dazu *Erläuterungen und Dokumente.* 176 S. UB 8157

Kinder-Märchen. Von Contessa, Fouqué und E. T. A. Hoffmann. Mit 12 Vignetten von E. T. A. Hoffmann. 351 S. UB 8377

Klein Zaches genannt Zinnober. Ein Märchen. 150 S. UB 306

Kreisleriana. 155 S. UB 5623

Lebens-Ansichten des Katers Murr nebst fragmentarischer Biographie des Kapellmeisters Johannes Kreisler in zufälligen Makulaturblättern. 517 S. UB 153

Das Majorat. Erzählung. 86 S. UB 32

Meister Floh. Ein Märchen in sieben Abenteuern zweier Freunde. 235 S. UB 365

Nachtstücke. 431 S. UB 154

Nußknacker und Mausekönig. Ein Märchen. 72 S. UB 1400

Prinzessin Brambilla. Ein Capriccio nach Jakob Callot. Mit 8 Kupfern nach Callotschen Originalblättern. 173 S. UB 7953

Rat Krespel. Die Fermate. Don Juan. 82 S. UB 5274

Der Sandmann. 79 S. UB 230 – dazu *Erläuterungen und Dokumente.* 176 S. UB 8199

Des Vetters Eckfenster. 53 S. UB 231

Steinecke: E. T. A. Hoffmann. Mit 31 Abb. 259 S. UB 17605

Philipp Reclam jun. Stuttgart